Klarant Verlag

AF287254

Jan Olsen ist das neue Pseudonym eines seit 1991 in verschiedenen Genres erfolgreichen Schriftstellers. Jan ist mit einer Hebamme verheiratet, hat drei inzwischen erwachsene Kinder und darf sich seit Kurzem auch Großvater nennen. Als Kind des Nordens ist er der Nordsee mit all ihren rauen und lieblichen Facetten besonders zugetan und ließ kaum eine Ferienzeit verstreichen, ohne diese Gestade mit seiner Familie zu besuchen. Auch heute noch stehen Ferien an der Nordsee jedes Jahr auf dem Programm. Seine Vorliebe für die Nordsee und die dort lebenden Menschen kann er in seinen Ostfrieslandkrimis nun nach Herzenslust ausleben.

Jan Olsen

Die Leiche auf dem Gulfhof

Ostfrieslandkrimi

Klarant Verlag

Kapitel 1

Wie ein Taucher, der aus den geheimnisvollen Abgründen des Meeres bedachtsam zur Oberfläche emporsteigt, um den Folgen einer zu schnellen Dekompression vorzubeugen, dämmerte Ruth Fasan aus dem Tiefschlaf in den Wachzustand hinüber. Sie spürte, wie sich Felix unruhig neben ihr bewegte. Ihr Kopf ruhte in seiner Armbeuge und ihr rechtes Bein lag angewinkelt auf seinen Oberschenkeln. Mit dem Arm hielt sie seinen Brustkorb umschlungen und sein Atem strich warm über ihre Stirn. Felix roch nach Meersalz und Moschus, ein Geruch, den ein Taucher vielleicht während des ersten Atemzugs wahrnehmen würde, den er an der Wasseroberfläche nach dem Auftauchen tat.

Sie lagen beide noch immer in derselben Körperhaltung da, in der sie eingeschlafen waren, stellte Ruth fest: Felix auf dem Rücken und sie an seine Seite geschmiegt. Sie horchte auf. Ein durchdringendes Heulen drang aus der Ferne und mit brutaler Präsenz an ihre Ohren. Kein Zweifel, dass dieser Lärm sie geweckt hatte.

Sorge machte sich in ihr breit, und von einem Moment auf den anderen war sie hellwach.

Felix war es nicht anders ergangen. Als Ruth sich regte und zu seinem Gesicht aufblickte, starrte er angestrengt gegen die Schlafzimmerdecke. In seinen hellblauen Augen spiegelte sich das durch das Fenster hereinfallende Mondlicht, das auch sein markantes Gesicht beleuchtete und sein dunkelblondes Haar aussehen ließ, als wäre es mit fahlen Silberfäden durchwirkt.

Plötzlich begriff die Hauptkommissarin, was sie beide da hörten. »Sirenen«, sagte sie schlaftrunken.

Felix nickte kaum merklich. Sein Körper war angespannt, Ruth fühlte die Konturen seiner Muskeln auf der Innenseite ihres auf ihm ruhenden Armes und Beines. »Ein zweimal unterbrochener Dauerton von einer Minute«, stellte Felix fest. Seiner Stimme nach zu urteilen, hatte er seine schläfrige Benommenheit bereits vollständig abgeschüttelt.

»Feueralarm«, erkannte Ruth. »Irgendwo in Greetsiel scheint es zu brennen.«

Felix warf die Bettdecke zurück, und da diese auch Ruth bedeckt hatte, lag sie plötzlich nackt und ungeschützt da.

»Was hast du vor?«, fragte sie und rückte von ihm weg.

Mit leichter Verwunderung sah er sie an. »Nachsehen, was da los ist«, erklärte er und richtete sich auf.

Ruth furchte die Stirn, zog die Bettdecke an sich und presste sie vor ihre Brüste. »Ist das dein Ernst?«

Felix, der jetzt auf der Bettkante saß, drehte sich halb zu ihr um, lächelte nachsichtig. »Du vergisst wohl, wo du hier bist.«

Ruth setzte sich nun ebenfalls auf, die Zudecke an sich gedrückt. Als sie noch in Hamburg gelebt hatte, wäre es ihr im Traum nicht eingefallen, mitten in der Nacht aus dem Bett zu springen, weil draußen die Feuersirene ertönt war. Sie hätte darauf vertraut, dass sich die dafür zuständigen Leute um diese Angelegenheit kümmerten, und lediglich herauszufinden versucht, ob sie selbst unmittelbar in Gefahr schwebte. Sie neigte nicht zur Sensationslust. Warum manche Menschen beim Klang von Sirenen nichts Besseres zu tun hatten, als zum Ort des Geschehens zu eilen und zu gaffen, konnte sie nicht nachvollziehen. Als Kommissarin hatte sie es in Hamburg oft erleben müssen, dass Schaulustige die Zufahrten zu den Einsatzorten versperrten, weil sie unbedingt alles mit ihrem Handy aufnehmen mussten, auch wenn es gar nichts Weltbewegendes zu filmen oder zu fotografieren gegeben hatte.

Nun aber wurde Ruth mit einem Mal klar, dass ihre Zurückhaltung gar nicht ausschließlich auf ihre schlechten Erfahrungen mit Neugierigen während ihrer Dienstzeit bei der Hamburger Kripo zurückzuführen war. Sie blieb den Orten des Geschehens nicht allein aus Vernunftgründen fern, sondern auch, weil sie es als anmaßend und unangebracht erachtete, auf diese Weise am Unglück von Fremden teilzuhaben. Das Schicksal hatte diese Menschen schwer getroffen, und das war hart genug. Dass sie dann auch noch miterleben mussten, wie ihr Unglück von ihnen völlig fremden Personen ungeniert begafft wurde, war etwas, das Ruth jedem gerne ersparen würde. Aus diesem Grund verbat sie es sich, jedes in ihr aufkeimende Bedürfnis, ihre Sensationsgier zu befriedigen, erblühen zu lassen. Sie unterdrückte diesen Impuls mit eingeübter Routine, die allerdings nichts mit Gleichgültigkeit gemein hatte. Sie fühlte mit den Betroffenen mit, auch wenn sie gar nicht wusste, wer in Mitleidenschaft gezogen worden und was im konkreten Fall vorgefallen war.

Hier in Greetsiel verhielt es sich aber ganz anders. Das Fischerdorf in der Krummhörn hatte eine überschaubare Einwohnerzahl. Auch wenn man nicht jeden persönlich kannte, so gab es hier eigentlich keine wirklich Fremden wie etwa in Hamburg, wo die Anonymität gang und gäbe war. Hier lebte man gemeinsam an einem Ort, der aufgrund seiner Lage und Geschichte einzigartig war. Hier nahm man am Schicksal des anderen auf natürliche Weise teil, aus einem Gefühl der Zusammengehörigkeit heraus, einer Familie nicht unähnlich …

All dies ging Ruth durch den Kopf, während sie Felix dabei beobachtete, wie er sich zügig ankleidete. »Ich komme mit«, entschied sie spontan und stieß die Bettdecke von sich.

Felix wandte sich ihr zu und schloss dabei seine Hemdknöpfe. Ein kaum merkliches Lächeln umspielte seine Lippen, als er mit seinen Blicken der aus dem Bett schlüpfenden Ruth folgte, deren splitterfasernackter Leib im Mondschein lockend schimmerte.

»Ich hoffe, du hältst mich nicht für einen Gaffer«, sagte er.

Ruth klaubte ihre Wäsche vom Boden auf, wo Felix sie mit einer eleganten Drehung des Handgelenkes am gestrigen Abend hingeworfen hatte, nachdem er sie Ruth mit genüsslicher Langsamkeit vom Körper gestreift hatte. »Warum sollte ich so etwas annehmen?«, fragte sie spitzbübisch und stieg mit einem Fuß in ihren Schlüpfer. »Weil du mich so lüstern anschaust?«

Felix griente. »Weil ich schnell zur Unglücksstelle will«, stellte er klar.

»Ich kann dich verstehen«, sagte Ruth jetzt wieder ernst geworden und zog das Höschen über ihre Hüften. »Die vom Unglück betroffenen Dorfbewohner benötigen womöglich Beistand. Es könnte ihnen helfen, wenn sie wissen, dass man sie mit ihrem Schicksal nicht allein lässt.«

»Es ist nicht nur das«, sagte Felix, bückte sich rasch und reichte Ruth ihren BH. »Als ich noch jung war und nicht zur See fuhr, war ich bei der Freiwilligen Feuerwehr«, setzte er zu einer längeren Erklärung an.

»Du bist noch immer jung«, neckte Ruth und hakte den BH hinter ihrem Rücken zusammen.

Felix verzog den Mund. »Nicht wirklich. Wir beide haben die fünfzig längst überschritten.«

Ruth deutete lax zum Bett hin. »Ich könnte dir einen Grund nennen, warum ich dich dennoch für juvenil halte.«

Felix sah nun tatsächlich um Jahre jünger aus, Ruths Kompliment hatte ihn sichtlich euphorisiert. Verlegen stopfte er sich das Hemd in die Hose. »Eigentlich wollte ich sagen, dass die Leute von der Freiwilligen Feuerwehr es zu schätzen wissen werden, wenn jemand zu ihnen stößt, der ein wenig mit anpacken kann. Ich habe das Handwerk des Feuerwehrmannes nicht verlernt.«

»Dann lass uns nicht länger trödeln«, beschied Ruth und stieg in ihre Hose. »Machen wir uns auf die Socken.«

*

Ruth schwang sich hinter dem Kapitän der Wasserschutzpolizei auf den Sozius seines Motorrads. Felix ließ den Motor der Royal Enfield Interceptor kurz aufröhren und gab dann behutsam Gas. Ruth schlang die Arme um Felix' Hüften und schmiegte sich eng an seinen Rücken. Hinter dem Visier ihres Motorradhelms ließ sie den Blick über die nachtdunkle Landschaft schweifen. Ruths strohgedecktes Deichhaus lag ein wenig abseits der westlichen Dorfgrenze direkt am Inlandsdeich. Ein holpriger Feldweg führte von dort an den noch kahlen Äckern vorbei runter zur asphaltierten Straße, die den Namen Zur Hauener Hooge trug. Es war kurz vor ein Uhr nachts. Die weite flache Umgebung verlor sich Richtung Westen im schwarzen Nichts, das hier und da vom Widerschein des Mondlichts ahnungsvoll aufgehellt wurde. Während Felix das Motorrad vehement über den Treckerpfad vorantrieb, drehte Ruth den Kopf Richtung Greetsiel. Der Lärm der Sirene hatte etliche Einwohner aus dem Schlaf gerissen, wie die erleuchteten Fenster verrieten, die sich wie eine Lichterkette entlang des Dorfrandes erstreckten und äußerst anheimelnd anmuteten. Das Scheinwerferlicht des Motorrads hingegen stach vor ihnen hart und blendend in die Dunkelheit.

Plötzlich bemerkte Ruth im Norden den rötlichen Schein von Feuer. Eine Kuppel aus fahlem orangenem Schimmer ragte hinter den Silhouetten der Häuser empor. Der schimmernde Buckel aus warmem zuckendem Licht wölbte sich archaisch in die Nacht, eine unverhohlene Drohung, wie sie nur das Flackern von ungebändigtem Feuer hervorzurufen vermochte.

Ruth deutete mit lang ausgestrecktem Arm zum Feuerschein hinüber, aber Felix hatte ihn längst bemerkt. Als sie die Straße

8

erreichten, schwenkte er nach links ein und beschleunigte so abrupt, dass Ruth sich unwillkürlich fester an ihn klammerte.

Kurz darauf fuhren sie auf die Feuerwehrwache am Ortseingang zu. Die Tore standen weit offen, die Einsatzfahrzeuge waren längst ausgerückt und die freiwilligen Helfer entweder auf dem Weg zum Einsatzort oder bereits dort angekommen.

Im nächsten Moment waren sie an dem verwaisten Gebäude vorbeigerauscht. Felix drosselte die Geschwindigkeit und folgte der Straße zügig an den Wohn- und Ferienhäusern vorbei. Etliche Menschen hielten sich im Freien auf, spähten, von dem beleuchteten Fenstern der Häuser angestrahlt, zum fernen Feuerschein hinüber. Sie redeten aufeinander ein und gestikulierten. Nur einige wenige strebten im Eilschritt dem Unglücksort entgegen.

Geschickt bugsierte Felix das Motorrad durch die engen Straßen des historischen Dorfzentrums, ließ den Hafen mit den Krabben-kuttern links liegen. Nun geriet auch die Polizeiwache kurz in Ruths Blickfeld. Das kleine unter Denkmalschutz stehende Friesenhaus duckte sich, wie es ihr schien, eingeschüchtert in die Schatten der Nacht, als fürchtete es sich vor Funkenflug. Denn den gab es tatsächlich. Wie kleine schwebende Glühwürmchen geisterten die Funken über den Greetsieler Himmel. In wütenden Schwärmen stoben sie vom Brandherd kommend zu den Sternen hoch, breiteten sich vom Wind der wallenden Hitze getrieben zu allen Seiten aus. Doch die Glutkörnchen waren längst erloschen, wenn sie sich auf das Fischerdorf herabsenkten. Einige der Ascheflocken klatschten gegen Ruths Helmvisier oder legten sich auf ihre Kleidung.

Was immer da lichterloh in Flammen stand, musste ziemlich groß sein und dem Feuer reichlich Nahrung bieten. Das Ausmaß der emporstiebenden Feuersbrunst ließ keinen Zweifel zu, dass dort etwas Gewaltiges in Brand geraten war.

Wie sehr Ruth mit dieser Einschätzung ins Schwarze getroffen hatte, zeigte sich, als Felix in den Pilsumer Weg abbog und die Enfield über die sich anschließende Brücke jagte. Auf der gegen-überliegenden Uferseite des Greetsieler Sieltiefs erstreckte sich linker Hand eine weitläufige Wiese. Sie gehörte zum Besitz eines alten historischen Bauernhofs, eines sogenannten Gulfhofs. Und dieser stand, wie es schien, lichterloh in Flammen!

*

9

Felix schwenkte mit dem Motorrad von der Straße weg auf die Wiese rüber. Das für Asphalt konzipierte Gefährt wurde auf dem unebenen Untergrund ordentlich durchgerüttelt, und Ruth hatte Mühe, auf dem Sozius gerade zu sitzen. Ihr Blick war an Felix' Schulter vorbei auf das brennende Gebäude gerichtet, auf das sie geradewegs zufuhren. Zwei Einsatzfahrzeuge der Freiwilligen Feuerwehr standen mit kreiselnden Blaulichtern quer auf der Wiese, und Dutzende in orangefarbene Spezialanzüge gekleidete Männer und Frauen machten sich daran zu schaffen. Aus den Schläuchen schossen silbrig glänzende Wasserstrahlen in hohem Bogen auf den Gulfhof zu. Aber es schien, als würden die Fontänen von dem Meer der aus dem gewaltigen Dach schlagenden Flammen verschluckt werden, ohne etwas zu bewirken. Die brodelnde Rauchwolke, die wie ein umgekehrter Berg über dem brennenden Gebäude stand, wurde von der Feuersbrunst aus dem Innern heraus unheilvoll angeleuchtet. Funken tanzten ungehemmt im finsteren Qualm. Das verspielte Herumwirbeln der Glutsterne milderte den bedrohlichen Anblick jedoch in keiner Weise, sondern verstärkte den Eindruck von besessen tobenden Urkräften nur noch zusätzlich.

Felix stoppte die Enfield. Ruth schwang sich vom Sitz, nahm den Helm ab und hängte ihn mit dem Riemen an die Lenkstange. Dabei konnte sie den Blick nicht von dem brennenden Gebäude abwenden. Wie eine Wand schlug ihr die Hitze des Feuers ins Gesicht und griff wie mit Fingern in ihr dunkles lockiges Haar. Es roch nach Versengtem und Ruß. Grollen und Knistern drangen zu ihr herüber, durchmischt von den Rufen der Feuerwehrleute. Deren Körper zeichneten sich trotz der grellorangenen Kluft gegen den hellen zuckenden Schein oft nur schwarz wie die Marionetten eines Schattentheaters ab.

»Ich werde mir eine Ausrüstung schnappen und den Feuerwehrleuten zur Hand gehen!«, rief Felix Ruth von der anderen Seite des Motorrads aus zu. »Wir sehen uns dann später!«

Die Hauptkommissarin nickte ihm zu. »Pass auf dich auf!«, rief sie ihm nach, während er schon davoneilte. Ob er sie im Lärm des wütenden Feuers überhaupt gehört hatte?

Ruth bewegte sich auf die Straße zu. Als sie sie erreichte, bemerkte sie, dass nicht der gesamte Gulfhof in Flammen stand. Das Feuer war anscheinend im hinteren Bereich der riesigen Scheune ausgebrochen und noch nicht auf das angrenzende Wohnhaus übergesprungen, mit dem die Scheune eine Gebäudeeinheit bildete. Ein kleines Spritzenfahrzeug parkte mitten auf der Straße. Zwei Feuerwehrleute hielten gemeinsam die Spritzdüse und besprühten das Wohnhaus großflächig mit Löschwasser, um es dem Feuer und den Funken zu erschweren, es ebenfalls in Brand zu setzen.

Bei dem Wohngebäude handelte es sich um einen zweigeschossigen, würfelförmigen Bau mit Walmdach. Es musste schon etliche Jahre her sein, als die Fassade weiß gestrichen worden war. Im Schein des Feuers und der darüber hinwegwischenden Blaulichter wirkten die Mauern mit ihren hohen bogenförmigen Sprossenfenstern nun weit mitgenommener, als sie in Wahrheit waren. Ruth kannte dieses Gebäude, denn sie war schon mehrmals daran vorbeigefahren. Sie wusste auch, dass sich Ferienwohnungen darin befanden. Die gab es allerdings nur im Wohntrakt, die angrenzende Scheune stand leer, soviel sie wusste.

Ruth trat auf die Menschen zu, die sich vor dem Gulfhof auf der Straße versammelt hatten. Die Leute waren sichtlich aufgebracht und sahen ständig zur Eingangstür des Wohnhauses hinüber, die sperrangelweit offen stand. Die doppelflügelige Tür lag zurückversetzt im Schatten eines in die Front eingelassenen Torbogens, zu dem drei Stufen emporführten. Die Stromversorgung des Hauses musste zusammengebrochen sein, denn es war stockdunkel darin. Plötzlich stolperte ein junger Mann aus der finsteren Türöffnung und strebte die Stufen hinab. Er hielt ein paar großformatige Bücher an seine Brust gepresst und blickte gehetzt um sich.

»Rolf!«, schrie eine der Frauen mit überschnappender Stimme. Mehrere Personen umringten sie. Die Gruppe machte den Eindruck, als würde sie irgendwie zusammengehören, ohne dass dabei eine allzu enge Verbindung bestünde. Eine Schicksalsgemeinschaft, von widrigen Umständen zusammengeführt. Die Menschen waren aufgewühlt und schienen auch ein wenig verzweifelt. Ihre Aufmachung ließ vermuten, dass einige von ihnen abrupt aus den Betten getrieben worden waren.

»Ich hatte dir verboten, ins Haus zu laufen!«, rief die Frau dem sich nähernden jungen Mann erzürnt zu. »Warum hörst du nie auf mich?«

Der Angesprochene trat entschlossen vor die Frau hin. Das kurze Haar stand ihm wirr vom Kopf ab, sein Gesicht wirkte verzerrt und angestrengt. »Hier, bitte schön«, sagte er und drückte der Frau das

Mitgebrachte in die Hand. Es handelte sich um Fotoalben, wie Ruth nun erkannte. »Ich weiß, wie viel sie dir bedeuten.«

Die in einen blauen, vornehmen Morgenmantel gekleidete Frau stand reglos da und starrte ihr Gegenüber perplex an. Den Gürtel hatte sie in der Eile nachlässig um den Leib geschlungen, sodass das Kleidungsstück vorne einen Spaltbreit offen stand und das mit Spitzen verzierte Nachthemd hervorschimmerte. Das Haar hatte sie im Nacken zu einem Pferdeschwanz zusammengebunden, aber ein paar losgelöste Strähnen hingen ihr quer übers Gesicht. Ruth schätzte, dass die Frau in etwa demselben Jahrgang entstammte wie sie selbst.

»Dafür hast du dein Leben riskiert?«, schrie sie jetzt aufgebracht und hielt die Alben anklagend empor. »Das war unvernünftig und leichtsinnig!«

Der junge Mann zuckte unbeeindruckt mit den Schultern. »Man kann sich gefahrlos im Haus aufhalten, Mutter. Du vergisst, dass eine Brandmauer den Wohn- und Wirtschaftsbereich trennt.«

Die Frau schnaubte verächtlich. »Der Gulfhof ist mehr als zweihundert Jahre alt. Diese Brandmauer ist womöglich längst baufällig und erfüllt ihren Zweck nicht mehr.«

»Du solltest nicht so schlecht von unserem Hof denken«, gab Rolf mürrisch zurück.

»Dein Leben ist mehr wert als diese verdammten Fotos!«, rief die Frau. Ihre Stimme klang jetzt brüchig, als kämpfte sie mit den Tränen. »Außerdem scheinst du auch keine besonders hohe Meinung von unserem Gulfhof zu haben. Andernfalls hättest du es nicht für nötig befunden, unsere Familienalben in Sicherheit zu bringen.«

Rolf verzog den Mund zu einem Lächeln. »Das habe ich nur getan, damit du dich beruhigst.«

Ruth trat an die beiden heran. »Hallo«, sagte sie neutral, denn ein »Moin«, wie es in Ostfriesland als Begrüßung zu jeder Tageszeit üblich war, wäre ihr in dieser Situation als zu unbekümmert erschienen. »Halten sich in dem Gebäude noch weitere Personen auf?«, fragte sie.

Die Frau sah sie irritiert an, woraufhin sich Ruth mit ihrem Namen vorstellte.

»Sie sind die Hauptkommissarin aus Hamburg.« Die Miene der Frau hellte sich ein wenig auf. »Polina Gerod«, sagte sie, klemmte die Fotoalben unter den Arm und reichte Ruth die Hand. »Ich bin die Besitzerin des Gerodschen Gulfhofs.« Sie sah kurz zum Wohnhaus hinüber, hinter dem bedrohlich das Feuerinferno tobte. Dann ließ sie den Blick über die Anwesenden schweifen und zählte diese durch, indem sie mit dem Zeigefinger wippte. Schließlich schüttelte sie den Kopf. »Alle meine Gäste haben ihre Apartments verlassen und sind hier vollzählig anwesend«, versicherte sie. »Das Haus ist menschenleer.« Sie bedachte Rolf mit einem eindringlichen Blick. »Vorausgesetzt, mein Sohn lässt es sich nicht wieder einfallen, hineinzurennen, um irgendwelches unnützes Zeug zu bergen.«

»Sie sollten auf Ihre Mutter hören«, sprach Ruth den Mann an. »Es ist sicherer für Sie hier draußen.«

Rolf vergrub die Hände in den Hosentaschen und nickte, wobei er angestrengt zu Boden sah.

»Wird denn etwa Brandstiftung vermutet?«, wurde Ruth von einem der Umstehenden angesprochen, ein distinguierter Herr, der sich trotz der Umstände, die ihn aus seiner Ferienunterkunft auf die Straße getrieben hatten, offenkundig die Zeit genommen hatte, sich ordentlich zu kleiden.

»Frau Fasan ist in Hamburg tätig, hat Frau Gerod angedeutet, mein Lieber«, warf eine zierliche Frau ein und legte die Hand auf den Unterarm des Mannes. Sie lächelte begütigend, wobei nicht zu übersehen war, dass sie etliche Jahre jünger war als ihr Begleiter. Sie hatte sich einen schwarzen Pelzmantel übergeworfen, unter dem sie einen rosafarbenen Pyjama trug. »Wahrscheinlich macht sie in Greetsiel Urlaub wie wir auch.«

»Das haben Sie falsch verstanden«, berichtigte Ruth. »Ich bin seit gut einem Jahr für die Greetsieler Polizei tätig. In Hamburg habe ich meine Zelte abgebrochen. Und jetzt lebe ich hier.«

»Sie sind zu beneiden«, merkte eine junge blonde Frau an, die in eine Wolldecke gehüllt war, die sie von der Feuerwehr bekommen haben musste, wie die Aufschrift verriet. »Es ist absolut bezaubernd hier – wenn es nicht gerade brennt.« Sie ließ ein säuerliches Lächeln folgen.

»Also haben wir es hier tatsächlich mit Brandstiftung zu tun?«, brachte sich der distinguierte Herr erneut ein.

»So ein Quatsch!«, rief Rolf gereizt dazwischen.

»Eine Hauptkommissarin ist anwesend, junger Mann«, erwiderte der Herr daraufhin unaufgeregt. »Das ist doch ein sicheres Zeichen.«

Ruth hob beschwichtigend die Hände. »Ich bin nicht im eigentlichen Sinne dienstlich hier«, erläuterte sie. »Was diesen Brand verursacht haben könnte, wird die Feuerwehr sicherlich noch herausfinden. Das ist erst einmal nicht meine Aufgabe.«

»Wo sollen wir denn jetzt abbleiben?«, rief eine andere Frau, die ein kleines Mädchen an ihre Seite drückte. Beide trugen sie fast identisch aussehende Kleider, die für die kühle Jahreszeit eindeutig zu luftig waren. Dass sie noch nicht froren, war allein der Hitze des nahen Feuers zu verdanken. Hinter ihnen stand ein gut gewachsener Mann, der die Arme schützend um sie gelegt hatte und finster vor sich hin starrte. Auch ihm war anzusehen, dass er sich in großer Hast angezogen hatte. »Wir können nicht die ganze Nacht hier draußen rumstehen.« Die Frau drückte das Mädchen noch fester an sich, woraufhin diese das Gesicht verzog. »Meine kleine Bella wird sich am Ende erkälten!«

»Wir finden eine Lösung«, versprach Ruth. »Machen Sie sich keine Sorgen.«

»Ich verlange eine sofortige Rückerstattung der Übernachtungskosten«, polterte der Mann hinter Bella und der Mutter plötzlich drauflos. »Und eine Entschädigung als Draufgabe wäre ja wohl auch angemessen.«

»Was ist mit unserem Eigentum?«, wollte der distinguierte Herr jetzt wissen. »In meinem Zimmer verwahre ich wertvolle Pfeifen, gar nicht zu reden von dem Schmuck meiner Frau. Der ist ein kleines Vermögen wert!«

Die zierliche Frau an seiner Seite sah mit einem kühlen Lächeln zu ihm auf. »Es gibt in Greetsiel einen Juwelier. Dort könntest du mir Ersatz beschaffen.«

»Aber meine Pfeifen … die sind unersetzlich!«

»Diesen stinkenden Dingern weine ich keine Träne nach, mein Lieber. Darauf kannst du Gift nehmen«, spottete die Frau.

Die einzige Person, die sich bisher nicht geäußert hatte, gab jetzt ein verächtliches Lachen von sich. Ruth schätzte die Frau auf etwa Mitte vierzig. Sie wirkte hager und knochig, und dem Sitz ihres lichten, brünetten Haars war deutlich anzusehen, dass es vor Kurzem noch auf einem Kissen ausgebreitet gewesen war. Die Arme wie ein trotziges Kind vor der mageren Brust verschränkt, sagte sie: »Ich wollte hier ein paar ruhige Tage verleben.« Sie lachte freudlos auf. »Greetsiel wurde mir empfohlen, weil man hier angeblich auf sich selbst zurückgeworfen wird und eine Menge Gelegenheiten findet, über sich und das Leben nachzudenken.« Sie prustete affektiert.

»So unternehmen Sie doch endlich etwas, Frau Hauptkommissarin«, drängte der Mann, in dem Ruth Bellas Vater vermutete. »Lassen Sie meine Familie nicht länger hier draußen in der Kälte stehen!«

Ruth, die sich in eine Rolle gedrängt sah, die ihr ganz und gar nicht behagte, wandte sich an die Gutsbesitzerin. »Sorgen Sie bitte dafür, dass Ihre Gäste einen kühlen Kopf bewahren und vorerst zusammenbleiben. Wir dürfen jetzt nicht den Überblick verlieren.«

Polina Gerod nickte tapfer. Plötzlich trat von hinten ein Mann an sie heran und legte ihr eine bunte Steppdecke um die Schultern.

Überrascht wandte sie sich um. »Danke, Wolfgang«, sagte sie und legte dem Mann kurz die Hand auf die Brust.

»Brauchst du Unterstützung?«, fragte dieser mitfühlend. Der Feuerschein spielte auf den Wellen seiner hellen, kurzen Locken und grub Schatten in sein wettergegerbtes Gesicht.

»Danke, ich komme zurecht«, erwiderte Polina freundlich. »Du musst dich nicht bemühen.« Als erinnerte sie sich plötzlich an die Fotoalben, die sie sich unter den Arm geklemmt hatte, zog sie sie hastig hervor und reichte sie dem Mann. »Kannst du das bitte für mich in Verwahrung nehmen?«

»Gerne.« Der Angesprochene nahm die Alben entgegen. »Bist du dir sicher, dass du keinen Beistand brauchst?«, erkundigte er sich erneut.

Sie schüttelte ablehnend den Kopf.

»Wie du meinst. Ansonsten weißt du ja, wo du mich findest.« Mit diesen Worten wandte er sich ab und eilte zur gegenüberliegenden Straßenseite hinüber, wo er sich zwischen die Schaulustigen schob und verschwand.

Polina zog die Steppdecke jetzt enger um ihren Leib. Anschließend richtete sie das Wort an ihre Gäste. Was sie sagte, bekam Ruth aber nur am Rande mit, denn ihre Aufmerksamkeit wurde auf ein weiteres Blaulicht gelenkt, das aus Richtung Sielbrücke zu ihnen herüberschien.

✴

Ein Streifenwagen rollte langsam heran, ein VW-Golf, der zum Fuhrpark der Greetsieler Polizei gehörte. Wer hinter dem Steuer saß, brauchte Ruth nicht lange zu raten, denn die Greetsieler Polizei beschäftigte nur einen einzigen uniformierten Beamten, und das war die Streifenpolizistin Alice Bergmann.

Weil die Schaulustigen, die sich vor der Brücke zusammengerottet hatten, nicht schnell genug Platz machten, ließ Alice kurz die Sirene aufheulen. Sie musste die Hauptkommissarin bereits bemerkt haben, denn sie lenkte den Wagen direkt auf sie zu und stoppte dann.

Die Wagentür schwang auf und eine kleinwüchsige Frau stieg aus. Alice füllte ihre Dienstuniform mit ihrer pummeligen Statur optimal aus. Der Feuerschein brachte ihr rotbraunes Haar voll zur Geltung und verlieh ihren braunen Augen den Schimmer von langsam erkaltender Lava.

»Sie waren offenbar schneller als ich zur Stelle«, rief sie und wirkte dabei sichtlich zerknirscht. »Als die Nachricht der Freiwilligen Feuerwehr mich erreichte, hielt ich mich in meiner Wohnung in Emden auf. Ich musste zuerst …«

»Es wirft Ihnen niemand etwas vor«, unterbrach Ruth die Streifenpolizistin.

»Nein?«, erkundigte sich Alice, als traute sie dieser Verlautbarung nicht so recht. Ihrem leicht verschmitzten Gesichtsausdruck war jedoch anzusehen, dass sie soeben eine Gelegenheit gewittert hatte, einen ihrer manchmal ziemlich schrägen Scherze anzubringen. Aber dann schien sie die Sache vergessen zu haben. Sie wandte sich dem Feuer zu und stieß hörbar Luft aus. »Was ist denn hier bloß los?«

»Wären Sie rechtzeitig erschienen, wäre es womöglich nicht so schlimm gekommen«, setzte Ruth an. Sie grinste breit, als sie Alice' bestürzte Miene bemerkte. Sie winkte ab. Alice und sie fanden selten eine gemeinsame Ebene, auf der sie miteinander scherzen konnten. Ihr Humor war anscheinend zu unterschiedlich, sodass sie einander eher verstörten als erheiterten. Außerdem war die Situation auch nicht gerade dafür geschaffen, Schabernack zu treiben, weshalb Ruth es bei diesem Ansatz bewenden ließ. Kurz schilderte sie, was sie bisher erlebt hatte. »Der Hauseingang muss abgesperrt werden«, schloss sie. »Einige dieser Leute könnten unvernünftig genug sein, trotz des Brandes hineinzugehen.«

»Das werde ich sofort erledigen«, versprach Alice.

Ein Krachen und Bersten ließ die beiden besorgt innehalten. Im nächsten Moment stürzte der Dachstuhl der Scheune mit ohrenbetäubendem Lärm in sich zusammen. Eine gewaltige Staub- und Funkenwolke stob auf, vermischte sich mit dem Rauchungetüm, das die Sterne und den Mond verdeckte. Im nächsten Moment wurde der Brodem von meterhoch aufschießenden Flammen in alle Richtungen davongeschleudert. Die Umstehenden schrien verängstigt und wichen zurück. Nur die Feuerwehrleute blieben, wo sie waren, richteten die Wasserstrahlen verbissen auf den Brandherd und bestrichen die Flammen mit einem Sprühregen aus Löschwasser. Die Kollegen, die das Wohnhaus benetzt hatten, verließen ihre Position, um die Flammen zu bekämpfen, die nun unaufhörlich auf die Brandmauer zukrochen.

Ruth presste die Lippen aufeinander. Sie sorgte sich um Felix und hoffte, dass er nicht zu waghalsig war und ihm womöglich etwas zustieß.

»Das wird ein böses Ende nehmen«, orakelte Alice mit rauer Stimme. Dann machte sie sich daran, Ruths Anweisung auszuführen.

*

Als Ruth wenig später zu den Feriengästen des Gulfhofs zurückkehrte, stellte sie fest, dass die Gruppe um eine Person angewachsen war. Ein kräftig gebauter Mann mit dunkelblondem Haar und mit robuster Kleidung ausgestattet, stand in der Mitte der Versammelten und redete auf diese ein.

»Kommissar Hagen Reese«, murmelte Ruth, erleichtert darüber, mit ihrem jungen Kollegen Verstärkung erhalten zu haben. Dass Hagen erst jetzt auf der Bildfläche erschienen war, ließ die Hauptkommissarin vermuten, dass er nicht bei seiner Freundin in Greetsiel genächtigt, sondern sich in seinem Elternhaus in Aurich aufgehalten hatte. Wie Alice, so hatte auch Hagen, nachdem die Nachricht über den Brand zu ihm durchgedrungen war, eine gewisse Strecke zurücklegen müssen, um an den Ort des Geschehens zu gelangen.

»Moin, Ruth«, grüßte Hagen seine Vorgesetzte, als sie zur Gruppe stieß. Er hob kurz sein Smartphone. »Ich koordiniere gerade die Unterbringung der Gäste.«

»Endlich jemand, der die Initiative ergriffen hat«, polterte Bellas Vater und bedachte die Hauptkommissarin mit einem zornigen Blick.

»Im Hotel Krabbenschere ist noch ein Zimmer frei«, berichtete Hagen den ausquartierten Gästen jetzt. »Ansonsten scheint in Greetsiel alles belegt zu sein.«

»Es steht ja wohl außer Frage, dass dieses Zimmer der Familie mit Kind zusteht«, sagte die Begleiterin des distinguierten Herrn.

»Und wo sollen wir dann abbleiben?«, rief dieser aufgebracht.

»Wollen Sie uns das Zimmer etwa streitig machen?«, fuhr der Familienvater ihn an.

»Selbstverständlich verzichten wir auf dieses Hotelzimmer.« Die Frau umfasste den Unterarm ihres älteren Begleiters mit festem Griff, als wollte sie ihm signalisieren, dass er ihren Zorn heraufbeschwören würde, falls er es wagte zu widersprechen. Tatsächlich nahm sein Gesicht nun einen unbeteiligten Ausdruck an, als wäre ihm plötzlich alles gleichgültig.

Die übrigen Gäste beteuerten, dass sie der Familie ebenfalls den Vortritt lassen wollten.

»Fahren Sie mit Ihrer Familie zum Hotel Krabbenschere«, wies Hagen den Vater an. »Man erwartet Sie dort bereits.«

»Denen ist aber hoffentlich klar, dass die von mir keinen Cent sehen werden«, eiferte sich dieser.

»Machen Sie sich keine Sorgen«, beschwichtigte Polina Gerod. »Die Kosten werde ich übernehmen.«

»Das ist auch das Mindeste, was ich erwarten kann!« Der Mann nahm seine Frau und seine Tochter bei der Hand und zog sie mit sich die Straße hinunter. »Wir sprechen uns noch!«, rief er über seine Schulter hinweg.

Polina seufzte. »Bei meinen Gästen liegen die Nerven blank«, sagte sie zu Ruth, als wollte sie sich für das Verhalten des Mannes entschuldigen.

»Das ist nur zu verständlich.« Ruth sah die Frau fragend an. »Wo werden Sie und Ihr Sohn unterkommen?«

»Bei Wolfgang Berger, einem Nachbarn.« Polina deutete vage zur gegenüberliegenden Straßenseite hinüber, wo etliche Schaulustige standen. Der flackernde Feuerschein beleuchtete die Gesichter, auf denen sich Sorge und Kummer abzeichneten. Ruth vermutete, dass es sich überwiegend um Anwohner handelte, denen beim Anblick des brennenden Gulfhofs das Herz blutete. Den Mann, der Polina die Steppdecke gegeben hatte, konnte sie unter ihnen jedoch nicht ausmachen.

»Zuerst einmal muss ich dafür sorgen, dass all meine Gäste einen Unterschlupf bekommen«, sagte Polina. »Dann kümmere ich mich um mich selbst.« Erneut seufzte sie. »In Greetsiel ist momentan aber mal wieder alles ausgebucht.«

»Ich habe soeben mit Dünya gesprochen«, warf Hagen ein, der gerade ein Telefongespräch beendet hatte. »Sie stellt den Gruppenraum, in dem sie Geburtsvorbereitungskurse gibt, zur Verfügung.« Er lächelte aufmunternd. »Auf den Gymnastikmatten liegt es sich recht bequem. Wolldecken sind auch genügend vorhanden.« Er warf den Umstehenden fragende Blicke zu, woraufhin die Mittvierzigerin und die junge, in eine Feuerwehrdecke gehüllte Frau zögernd nickten.

Der distinguierte Herr aber gab einen empörten Laut von sich. »Ich werde die Nacht ganz bestimmt nicht auf einer Turnmatte verbringen«, ereiferte er sich. »In einem Raum zusammengepfercht mit lauter Fremden!«

»Möchtest du stattdessen lieber draußen nächtigen?«, fuhr seine Begleiterin ihn an.

Der Mann straffte seine Körperhaltung, mühte sich dabei sichtlich, stolz und unnahbar zu erscheinen. »Ich verlange eine adäquate Unterbringung!«

»Dann fehlt jetzt also nur noch eine Bleibe für die Königs«, stellte Hagen nüchtern fest, der sich offenbar bereits mit den Namen der Betroffenen vertraut gemacht hatte.

»Das dürfte schwierig werden«, gab Polina vorsichtig von sich.

Ruth atmete tief durch. »Ich könnte Ihnen ein Gästezimmer in meinem Haus anbieten«, sagte sie an die Königs gewandt.

»Ich bin mir sicher, dass es Ihnen dort gefallen wird«, warf Hagen ein, als er das Zögern von Herrn König bemerkte. »Ich kenne das Haus der Hauptkommissarin recht gut. Es wird Ihnen dort an nichts fehlen.«

»Wir nehmen Ihre Einladung gerne an«, traf Frau König schließlich eine Entscheidung. Sie stieß ihrem Mann den Ellenbogen in die Seite. »Du könntest dich bei der Hauptkommissarin ruhig bedanken, mein Lieber.«

»Ob ich dazu Veranlassung habe, wird sich erst noch herausstellen«, gab dieser pampig zurück.

Seine Frau verdrehte die Augen. »Was mein Mann damit eigentlich sagen will, ist, dass er sich sehr über Ihr Angebot freut und es gar nicht erwarten kann, sich in Ihrem Haus endlich zur Nachtruhe zu betten.«

Hagen steckte sein Smartphone in die Tasche. »Dann sind ja jetzt alle zufrieden, hoffe ich.« Er wandte sich den beiden Frauen zu und erklärte ihnen, dass er sie jetzt zu ihrer neuen Unterkunft bringen würde. »Der Gruppenraum ist nur einen Fußweg von wenigen Minuten von hier entfernt«, schloss er.

Ruth fasste ihren Kollegen am Arm und zog ihn einen Schritt von der Gruppe weg. »Richten Sie Ihrer Freundin bitte meinen Dank für ihre Großzügigkeit aus. Sie hat uns damit sehr geholfen.«

»Kein Ding«, erwiderte Hagen leichthin. »Ich musste Dünya gar nicht erst lange bitten, nachdem ich ihr versprochen hatte, mich um alles zu kümmern. Sie ist nämlich gar nicht zu Hause, sondern für ein paar Tage in den Ruhrpott gefahren, um ihre Eltern zu besuchen.«

»Oh«, entfuhr es Ruth. »Und trotzdem stellt sie ihre Räumlichkeiten zur Verfügung? Das ist bemerkenswert.«

»Sie vertraut eben darauf, dass ich das alles managen werde. Für alle Fälle hatte sie mir ihren Schlüsselbund dagelassen. Und das zahlt sich jetzt aus.« Hagen sah seine Chefin unverwandt an. »Wo ist denn Ihr Kapitän abgeblieben?«, erkundigte er sich.

Ruth verzieh ihrem Kollegen diese Frage nur allzu gerne, denn immerhin hatte sie sich bei ihm ja auch auf Umwegen über Privates erkundigt. In Hamburg hatte sie Beruf und Privatleben stets streng voneinander getrennt. Aber seit sie in Greetsiel Dienst tat, wich sie immer mehr von diesen Prinzipien ab.

»Felix ist dabei, das Feuer zu bekämpfen«, erklärte sie. »Er war früher bei der Freiwilligen Feuerwehr und wollte es sich nicht nehmen lassen, mit anzupacken.«

Hagen nickte verstehend. »Er ist eben ein echter Prachtkerl«, scherzte er mit ernster Miene.

Ruth seufzte. »Sie sagen es. Ich hoffe nur, ihm geschieht nichts.«

Die beiden wandten sich dem brennenden Gebäude zu. Das fahlweiße Wohnhaus mit dem dampfenden Walmdach machte vor dem Hintergrund der hochlodernden Flammen einen verzweifelt trotzigen, aber auch verlorenen Eindruck. Ein von Alice kreuz und quer vor den Torbogen gespanntes Absperrband der Polizei verriegelte jetzt den Eingang. Noch hatte das Feuer nicht auf das Haus übergegriffen. Die Brandmauer hielt offenbar stand. Nur wie lange noch?

»Die Flammen schlagen nicht mehr ganz so hoch«, merkte Hagen an. »Oder täusche ich mich da?«

Ruth zuckte unbehaglich mit den Schultern. »Für mich sieht das nach wie vor nach einer schlimmen Katastrophe aus«, sagte sie. »Für die Gerods sicherlich ein schwerer Schlag.«

»Frau Gerod und ihr Sohn werden von den Greetsielern jede Unterstützung bekommen, die sie benötigen«, versicherte Hagen.

»Sie kennen die Familie?«, erkundigte sich Ruth.

»Nur oberflächlich«, erwiderte ihr Partner. »Die Gerods sind eine alteingesessene ehemalige Bauernfamilie. In der Krummhörn hat jeder schon einmal von ihnen gehört. Polinas Mann hat sich vor zwanzig Jahren auf und davon gemacht, erzählt man sich. Seitdem kümmert sie sich allein um den Gulfhof, mit ein wenig Unterstützung ihres Sohnes.«

»Darum also ist kein Gefährte an ihrer Seite«, murmelte Ruth, musste dann aber sogleich an den lockigen Mann denken, der Polina die Steppdecke umgehängt hatte.

Sie sah zu der Gutsbesitzerin hinüber. Der distinguierte Herr redete gerade hitzig auf sie ein. Rolf, ihr Sohn, stand ein wenig abseits und stierte wie hypnotisiert in die Flammen. »Tragen wir auch unseren Teil dazu bei, die Gerods zu entlasten, und befreien wir sie von der Verantwortung, sich um die Gäste kümmern zu müssen«, sagte Ruth, gab sich einen Ruck und trat auf die Königs zu.

*

Ruth bedeutete dem ungleichen Ehepaar, ihr zu folgen. »Sind Sie mit dem Auto angereist?«, erkundigte sie sich.

»Was dachten Sie denn?«, erwiderte der distinguierte Herr. »Ich verabscheue öffentliche Verkehrsmittel.«

»Dann nehmen wir Ihren Wagen, um zu meinem Haus zu fahren«, bestimmte Ruth. »Mein Freund hat mich mit dem Motorrad hierhergebracht. Mein Auto habe ich zu Hause zurückgelassen.«

»Unser Wagen parkt ein Stück die Straße runter«, erklärte die Frau und deutete den Pilsumer Weg hinunter. »Der Ortsbrandmeister hatte uns aufgefordert, unser Fahrzeug von dem brennenden Gebäude zu entfernen.«

»Das hätten wir auch ohne diese Anordnung getan«, merkte ihr Mann an. »Ascheflocken und Brandflecken machen sich nicht so gut auf der Karosserie, wissen Sie?«

Während sie der Straße folgten und dabei an den Schaulustigen vorbeidefilierten, reichte die Frau Ruth plötzlich die Hand. »Wir haben uns noch gar nicht vorgestellt. Ich bin Ida. Und der mürrische Bursche neben Ihnen, das ist Bodo, mein Gatte.«

»Angenehm«, sagte Ruth und erwiderte den Händedruck der zierlichen Frau bedachtsam, weil sie fürchtete, ihr sonst wehzutun. Die Hand des Mannes drückte sie hingegen kräftig und mit Nachdruck, was ihr von ihm einen unwilligen Blick einbrachte.

Eine Reihe von am Straßenrand abgestellten Autos tauchte vor ihnen auf. Offenbar hatten nicht nur die Königs ihr Fahrzeug in Sicherheit gebracht. Ida ging auf eine dunkle Mercedeslimousine zu und entriegelte sie mit der Fernbedienung. »Du sitzt hinten«, wies sie ihren Mann an, während sie auf die Fahrerseite zusteuerte.

Bodo wollte protestieren, doch dann überlegte er es sich anders und stieg ohne Widerworte in den Fond des Wagens.

Ruth nahm auf dem Beifahrersitz Platz, Ida aber entledigte sich zuerst ihres Pelzmantels, warf ihn ihrem Mann auf dem Rücksitz zu und schob sich, nur in ihren rosafarbenen Pyjama gekleidet, hinters Lenkrad.

»Das ist liederlich«, merkte Bodo kritisch an, aber Ida ignorierte ihn kurzerhand, startete den Wagen und scherte gekonnt aus der Parklücke.

Ruth bedeutete der Frau, in welche Richtung sie fahren sollte. Als sie kurz darauf den Ortskern erreichten, merkte Bodo an, dass sie sich gerade regelwidrig verhielten. Mit dem Arm, den er demonstrativ an der Schulter seiner Frau vorbei nach vorn ausstreckte, deutete er auf ein Straßenschild, das im Scheinwerferlicht aufgetaucht war. Es wies darauf hin, dass der anschließende Bereich nur mit einer Sondergenehmigung befahren werden durfte. Eine solche erhielten nur Anwohner, Fischer oder Ladenbesitzer, die im Ortszentrum ein Geschäft betrieben.

»Fahren Sie ruhig weiter«, sagte Ruth begütigend. »Dies hier ist eine Ausnahme.«

»Und außerdem ist die ortsansässige Hauptkommissarin an Bord«, fügte Ida hinzu und warf ihrem Mann im Rückspiegel einen strafenden Blick zu. »Deinen penetranten Ordnungssinn kannst du also getrost außer Acht lassen.«

Offenbar eingeschnappt lehnte sich Bodo zurück. Er sagte keinen Ton mehr, schaute nicht einmal zu den Krabbenkuttern hinüber, als sie am Hafen vorbeifuhren. Nach einer Weile kamen sie an der Feuerwehrwache vorbei. Kurz darauf forderte Ruth Ida auf, von der Straße in den Feldweg abzubiegen.

»Wo bringen Sie uns hin?«, fragte Bodo aufbrausend.

»Das alte Deichhaus, das ich gekauft habe, liegt ein wenig abseits der Ortsgrenze«, erläuterte Ruth. »Dennoch ist die Lage ausgezeichnet.«

»Na, da bin ich ja mal gespannt!« Bodo war deutlich anzuhören, dass er davon ausging, maßlos enttäuscht zu werden. »Schönen Gruß an die Stoßdämpfer«, sagte er wenig später, als ein besonders tiefes Schlagloch die Limousine ins Wanken brachte.

Schließlich erreichten sie das Ende der Piste. Ruth hatte die Außenbeleuchtung des Hauses angelassen, als sie mit Felix zum Unglücksort aufgebrochen war. Die Lampen beschienen die alten Ziegelmauern und beleuchteten die untere Kante des Strohdaches auf stimmungsvolle Weise. Hinter einem der kleinen Sprossenfenster des Kapitänsgiebels brannte Licht. Der warme Schein sickerte anheimelnd durch die filigranen Spitzengardinen.

Ida stoppte den Mercedes neben Ruths kirschrotem VW up!, schaltete den Motor und die Scheinwerfer aus. Dann beugte sie sich übers Lenkrad und betrachtete das Deichhaus durch die Windschutzscheibe. »Wunderschön«, konstatierte sie und sah Ruth dann von der Seite an. »Sie wohnen ganz allein in diesem riesigen Haus?«

»Meistens ja.« Ruth öffnete die Beifahrertür. »Hin und wieder kommt meine Tochter aus Hamburg zu Besuch, und oft ist auch mein Freund bei mir.«

Sie stieg aus und hörte, wie Bodo sagte: »Verhältnisse sind das. Die Frau Hauptkommissarin ist nicht einmal verheiratet.«

»Jetzt gib endlich Ruhe!«, fuhr Ida ihren Mann über die Schulter hinweg an. »Das ist ja nicht zum Aushalten mit dir!«

Ruth steckte den Kopf durch die offene Tür ins Wageninnere. »Folgen Sie mir jetzt bitte«, drängte sie. »Ich zeige Ihnen das Gästezimmer und wo Sie frische Handtücher finden. Anschließend werde ich Sie sich selbst überlassen. Ich muss nämlich so schnell wie möglich zurück zum Gerodschen Gulfhof. Mein Freund ist noch dort.«

»Als wenn ich das nicht geahnt hätte«, sagte Bodo abfällig und stieg aus.

*

Als Ruth ihren VW up! eine halbe Stunde später auf Höhe des Pilsumer Wegs über die Brücke des Neuen Greetsieler Sieltiefs lenkte, stellte sie überrascht fest, dass nur noch an einigen wenigen Stellen Flammen aus dem eingestürzten Dach der Gulfscheune leckten. Die Krummhörner Feuerwehr schien den Brand weitgehend unter Kontrolle gebracht zu haben.

Die Zahl der Schaulustigen hatte inzwischen ebenfalls stark abgenommen. Nur einige wenige Passanten trieben sich noch auf der Straße herum, darunter auch Polina Gerod, die anscheinend noch nicht dazu gekommen war, ihre Garderobe zu wechseln, denn sie trug noch immer ihren eleganten Morgenmantel und die bunte Steppdecke.

Ruth ließ ihren Wagen am Kantstein ausrollen und stieg aus. »Sie sind ja noch immer auf den Beinen!«, rief sie Polina zu, die sich gerade mit einem Pärchen unterhielt.

Die Gutsbesitzerin wandte sich ihr zu. »Was bleibt mir denn anderes übrig? Wie könnte ich ruhig schlafen, während mein Haus abbrennt?«

»Die Lage scheint sich jetzt aber beruhigt zu haben«, wandte Ruth ein. »Sie sollten sich zumindest was Warmes anziehen.«

Polina rieb sich fröstelnd die Oberarme. »Sie haben recht. Jetzt, da das Feuer gebändigt wurde, wird es recht kühl.«

»Wo ist denn Ihr Sohn hin?«, erkundigte sich Ruth, da sie Rolf unter den Umstehenden nicht ausmachen konnte.

»Der ist mit dem Brandmeister ins Haus gegangen«, antwortete Polina. »Sie sehen nach, wie groß der Schaden ist.«

Erst jetzt bemerkte Ruth Alice, die damit beschäftigt war, das Absperrband wieder aufzurollen, mit dem sie den Hauseingang abgeriegelt hatte.

»Bestimmt bringt Rolf mir einen Mantel mit«, sagte Polina. »Er ist ein guter Junge.« Sie sah Ruth mit einem Lächeln an. »Danke für Ihre Hilfe, Frau Fasan. Sie und Ihr Kollege haben mir eine große Last

24

von den Schultern genommen. Es beruhigt mich zu wissen, dass meine Gäste nun alle gut untergekommen sind.«

»Gern geschehen«, sagte Ruth und blickte dabei den Gulfhof entlang, in der Hoffnung, Felix unter den Feuerwehrleuten zu erspähen, die sich im schwachen Schein des Feuers auf der Wiese tummelten.

»Gehen Sie ruhig«, sprach Polina sie an. »Ich komme jetzt auch allein zurecht.«

Ruth nickte ihr freundlich zu, verabschiedete sich und wandte sich zum Gehen. Aufmerksam sah sie sich um. Sie machte einen großen Bogen um das Wohnhaus herum, um der Hitze zu entgehen, die die angrenzende Scheune noch immer ausstrahlte. Der Anbau machte einen bejammernswerten Eindruck. Das gewaltige Dach war in der Mitte eingebrochen, verkohlte Balken ragten unter den noch intakten Schindeln hervor. Rauch, Dampf und heller Feuerschein quollen wie aus einem Vulkanschlot aus dem unansehnlichen Loch, das in dem gewaltigen Scheunendach klaffte. Aus einigen der kleinen Fenster, die sich in regelmäßigen Abständen entlang der Mauer erstreckten, leckten Flammen oder quoll Rauch. Der Funkenflug hatte aber merklich nachgelassen. Nur wenige der rötlich leuchtenden Teilchen wirbelten noch durch die Luft. Nach wie vor prasselte Löschwasser in hohem Bogen auf die Scheune nieder. Es zischte, knackte und knisterte, und es roch penetrant nach Verkohltem.

»Hey, Frau Hauptkommissarin!«, wurde Ruth plötzlich angerufen. Es war Felix, wie sie an der sonoren Stimme sofort erkannte. Sie drehte den Kopf und erblickte den Kapitän der Wasserschutzpolizei bei einer Gruppe Jugendlicher, die wie er in die Kluft der Freiwilligen Feuerwehr gekleidet waren. Sie überprüften gerade gemeinsam die Verbindungsstücke der Schläuche, die vom Einsatzort quer über die Wiese verliefen und in tragbaren Pumpen endeten, die entlang der Uferböschung des Neuen Greetsieler Sieltiefs standen. Das Löschwasser wurde offenbar direkt aus dem Siel in die Schläuche und zum Brandherd gepumpt.

Felix, dessen Schutzhelmvisier hochgeklappt war, wechselte noch ein paar Worte mit den Jugendlichen und lief dann zu Ruth herüber. Seine blauen Augen leuchteten hell aus seinem rußverschmierten Gesicht hervor. Seine Lippen umspielte ein zufriedenes Lächeln.

»Du scheinst dich ja ordentlich ausgetobt zu haben«, merkte Ruth an und ließ es zu, dass Felix ihr einen Kuss auf die Wange drückte, was wegen des Helms einige Kopfverrenkungen erforderte.

»Hier war ganz schön was los«, bestätigte Felix dann und streifte die Handschuhe ab. »Aber das Schlimmste ist jetzt überstanden.« Er griente breit. »Den Rest werden die Kollegen auch ohne meine Hilfe schaffen.«

»Oh«, sagte Ruth. »Dann stehst du *mir* jetzt also wieder zur Verfügung?«

Felix sah sie verliebt an. »Ich lege nur kurz meine Feuerwehrkluft ab und verabschiede mich. Dann fahre ich dich …«

»Ich war zwischendurch beim Deichhaus«, unterbrach Ruth ihn und deutete hinüber zu ihrem Auto. »Ich habe ein Ehepaar bei mir einquartiert, das im Gulfhof zu Gast gewesen war. Ida und Bodo König.«

Felix nahm dies mit einem Kopfnicken zur Kenntnis. Dass man sich in diesem Landstrich gegenseitig half, schien für ihn selbstverständlich. Gemeinsam gingen sie auf die Einsatzfahrzeuge zu. Dort angekommen, entledigte sich Felix der Schutzkleidung, legte sie ordentlich zusammen und verstaute sie mitsamt Helm und Handschuhen in einem Fach des Gerätewagens.

Ein Feuerwehrmann trat auf sie zu. Die Schutzkleidung ließ seine stattliche Statur überaus massig und kompakt erscheinen. Den Helm lässig unter den Arm geklemmt, bedankte er sich bei dem Kapitän überschwänglich für dessen Hilfe.

Felix berührte Ruth daraufhin an der Schulter. »Ruth«, sagte er, »das ist Ortsbrandmeister Jörg Hiller. Jörg, das ist Ruth Fasan, Hauptkommissarin der Polizei Greetsiel.«

Der Brandmeister packte Ruths Hand und schüttelte sie herzhaft. »Wir hatten noch nicht das Vergnügen«, sagte er in aufgeräumter Stimmung. »Da muss erstmal die halbe Welt abbrennen, bis wir uns einmal vorgestellt werden.«

»So weit haben Sie und Ihre Leute es ja zum Glück nicht kommen lassen«, erwiderte Ruth. Sie deutete mit einem Kopfnicken zum Wohnhaus hinüber. »Wie ist die Lage?«

Jörg Hiller wiegte abwägend den Kopf. »Dem ersten Augenschein nach hat die Brandmauer das Schlimmste verhindert. Ein Feuer ist in den Räumen nicht ausgebrochen. Es hat sich aber Hitze darin gestaut, und einige Fenster sind zu Bruch gegangen. Löschwasser ist eingedrungen. Ob sich in den Zwischenböden noch etwas anbahnen wird, muss abgewartet werden.«

»Das klingt nicht, als könnten die Familie oder die Gäste in Kürze in das Haus zurückkehren«, stellte Ruth fest.

»Auf gar keinen Fall«, erwiderte der Brandmeister. »Ich habe angeordnet, dass das Gebäude nicht betreten werden darf. Ein Kollege hält Wache und wird in Abständen in den Räumen nachsehen, ob nicht doch irgendwo ein versteckter Brandherd sich bemerkbar macht.« Der Mann atmete tief durch. »Es ist keine Person zu Schaden gekommen, das ist das Wichtigste bei so einer Sache.«

Ruth musste an Bodo Königs mehrfach vorgebrachte Frage denken. »Gibt es bereits Anhaltspunkte, was diesen Brand verursacht haben könnte?«, hakte sie daher nach.

Jörg Hiller wirkte amüsiert. »Die Hauptkommissarin wittert ein Verbrechen«, stellte er leichthin fest.

Ruth zuckte mit den Schultern. »Nun ja«, setzte sie unschlüssig an.

Dreimal klopfte der Brandmeister mit den Fingerknöcheln auf seinen Helm. »Wir wollen hoffen, dass dieses Unglück auf einen Unfall zurückzuführen ist und nicht willentlich herbeigeführt wurde. Das aber werden wir erst feststellen können, wenn ich und meine Leute uns gefahrlos in der Gulfscheune umsehen können. Momentan ist das nicht möglich, und daher ist es noch zu früh, um irgendwelche Mutmaßungen über die Brandursache anzustellen.«

»Verstehe.«

»Sie sind die Erste, die wir informieren, wenn wir den Eindruck haben, dass es bei diesem Brand nicht mit rechten Dingen zugegangen ist, Frau Fasan«, versicherte Jörg. Er dankte noch einmal für die Hilfe und verabschiedete sich. Als er auf seine Kollegen zuging, rief er ihnen Anweisungen zu und fuchtelte energisch mit den Händen.

»Ein kompetenter Mann«, kommentierte Felix und ging hinüber zu seinem Motorrad. »Und einer, der das Wesentliche im Blick hat.«

Ruth nickte beipflichtend und trottete hinter Felix her. »Es wird die Königs nicht freuen, wenn sie hören, dass sie erstmal nicht so schnell an ihre Sachen im Gulfhof herankommen werden.«

»Sie können froh sein, dass du sie bei dir aufgenommen hast«, erwiderte Felix, schwang sich auf den Sitz und setzte den Helm auf. »Es wird ihnen bei dir an nichts fehlen.« Er winkte ihr zu. »Bis gleich!«, rief er und startete den Motor.

*

27

Während Ruth hinter Felix herfuhr, versuchte sie sich darüber im Klaren zu werden, wie sie mit den Königs verfahren sollte. Ihnen für ein, zwei Nächte Unterkunft zu gewähren, damit hatte sie kein Problem. Aber ob sie bereit war, länger mit Bodo König unter einem Dach zu leben, einem Mann, den sie als snobistisch und arrogant einstufte, wagte sie zu bezweifeln. Dann wurde ihr bewusst, dass es Bodo aus genau diesem Grund womöglich nicht lange im Deichhaus aushalten würde. Es konnte ihm dort unmöglich gefallen. Ruths nachlässige Haushaltsführung musste seiner pedantischen Art vollkommen zuwiderlaufen. Wahrscheinlich würde das Ehepaar in Kürze abreisen, wenn sich herausstellte, dass sie in Greetsiel keine andere Unterkunft finden konnten.

Mit diesen Gedanken beschäftigt, erreichte Ruth das Ende der Treckerpiste. Sie parkte ihren Wagen neben der Limousine der Königs und stieg aus.

Felix, der sich bereits von seiner Enfield geschwungen und den Helm abgesetzt hatte, sog schnüffelnd Luft durch die Nase ein. »Es riecht nach Pfeifentabak«, stellte er fest.

Jetzt bemerkte Ruth es auch. Der aromatische Duft von Trockenpflaume und Honig, mit einer rauchigen Note durchmischt, hing in der Luft. Und sie glaubte auch zu wissen, aus welcher Richtung der Rauch zu ihnen herüberwehte.

Von Felix gefolgt steuerte Ruth die Rückseite des Deichhauses an. Dort erstreckte sich eine überdachte Veranda, die auf einen kleinen Garten wies, dem sich die Äcker und das offene Land anschlossen.

Ein warmer Lichtschein fiel durch die offene Verandatür, zeichnete ein helles Rechteck auf den Holzdielenboden des Vorbaus. In dieser Lichtinsel hatte es sich Bodo König in Ruths Schaukelstuhl bequem gemacht. Versonnen paffte er an seiner Pfeife und wandte den beiden Ankömmlingen – huldvoll, wie es Ruth erschien – langsam das Gesicht zu.

»Sie haben es ja ganz annehmbar hier«, stellte er fest und versetzte dem Schaukelstuhl neuen Schwung.

»Ich wäre Ihnen sehr verbunden, wenn Sie die Verandatür zumachten«, sagte Ruth frostig, während sie mit einem Sprung auf die Veranda setzte. »Ich habe es nicht so gerne, wenn es in meinem Haus nach Rauch riecht.«

»Ich habe nichts dagegen, wenn Sie die Tür schließen«, gab Bodo gelassen zurück.

Ruth blies ob dieser Unverfrorenheit die Wangen auf. Aber Felix war bereits zur Tür geschlendert und drückte sie ins Schloss.

»Und Sie sind vermutlich der Freund der Frau Hauptkommissarin«, konstatierte Bodo und wandte leicht den Kopf. »Ein Kapitän der Wasserschutzpolizei, alle Achtung!«

»Woher wissen Sie das?«, wunderte sich Ruth.

Bodo tippte mit dem Zeigefinger an seinen Hemdkragen. »Ihr Freund hat da so einen Anstecker am Hemd.«

Ruth war verblüfft, denn der besagte Anstecker der Wasserschutzpolizei war nicht größer als ein Daumennagel.

»Das haben Sie messerscharf kombiniert«, sagte Felix, zog für Ruth und sich selbst jeweils einen Korbstuhl heran und setzte sich. Dann stellte er sich dem Mann mit seinem Namen vor. Felix' ostfriesische Gelassenheit ließ dabei nicht erkennen, ob er Anstoß am Verhalten des Gastes nahm.

»Meinen Namen kennen Sie ja vermutlich bereits«, gab Bodo zur Erwiderung und widmete sich erneut seiner Pfeife.

»Ist Ihre Frau zu Bett gegangen?«, erkundigte sich Ruth, die nicht die Ruhe aufbringen konnte, sich zu setzen und mit dem Mann Smalltalk zu betreiben.

»Sie müsste in der Küche sein«, gab Bodo an der Pfeife paffend zurück. »Sie bereitet einen Beruhigungstee zu. Wie wir feststellen durften, verwahren Sie einige Kräutertees in Ihrem Küchenschrank.«

»Diese Kräuter stammen aus dem Garten Ihrer Gastgeberin«, erläuterte Felix, ehe Ruth den Mund aufmachen konnte, um ihrer Empörung über die Eigenmächtigkeit des Ehepaares Luft zu machen.

»Hoffentlich verwenden Sie keine giftigen Spritzmittel«, sagte Bodo und schielte dabei zu Ruth hinüber.

Die Hauptkommissarin war drauf und dran, zu lügen und dem Mann zu sagen, dass sie das sehr wohl getan hatte, allein um ihn zu ärgern. Doch da schob sich plötzlich ein Schatten vor das Licht und die Verandatür wurde geöffnet. Ida, die ein Tablett auf einer Hand balancierte, trat ins Freie.

»Habe ich also richtig gehört«, sagte sie. »Wir haben Besuch bekommen.«

Ruth schnappte nach Luft, aber dann bemerkte sie, dass Ida vier Teebecher auf das Tablett gestellt hatte. Aus der Teekanne dampfte es verheißungsvoll, und sie musste gestehen, dass ein Beruhigungstee jetzt genau das Richtige war.

Felix stand auf, trug einen Tisch und einen weiteren Stuhl herbei. Wenig später saßen sie zu viert beisammen und schlürften heißen Kräutertee. Bodo hatte dafür sogar seine Pfeife auf dem Tablett abgelegt. Er war es nun auch, der als Erstes das Wort ergriff.

»Wie schaut es aus?«, fragte er Ruth. »War es Brandstiftung, wie ich vermutet habe?«

»Warum glauben Sie das überhaupt?«, konterte sie mit einer Gegenfrage.

Bodo zuckte mit den Schultern. »Auszuschließen wäre es nicht.«

Ruth legte die Hände um den warmen Becher. »Ebenso gut wäre es aber auch möglich, dass eine Verkettung unglücklicher Umstände für das Feuer verantwortlich ist.«

»Es gibt also keine Anhaltspunkte für ein Verbrechen?«, schlussfolgerte Bodo.

»Das wird die Abschlussuntersuchung klären. Und die wird erst in ein paar Tagen möglich sein, wenn man die Gulfscheune gefahrlos betreten kann.« Ruth kamen die Fragen ihres Gastes langsam verdächtig vor. Warum bohrte er ständig nach?

Es beschlich sie nun auch der Verdacht, dass es bloß eine Masche dieses distinguierten Herrn war, seine Gesprächspartner ständig zu provozieren. Es kam ihr vor, als wollte Bodo sie mit seinen Äußerungen bloß aus der Reserve locken, um ihr bestimmte Informationen abzujagen. Dieser Eindruck drängte sich ihr auch deshalb auf, weil ihr aufgefallen war, dass Ida das Gespräch aufmerksam verfolgte. Dies tat sie sicherlich nicht nur, um ihren Ehemann zur Raison zu bringen, wenn er sich mal wieder danebenbenahm. Sie war gespannt darauf, was Ruth antworten würde, daran bestand kein Zweifel.

All dies schoss der Hauptkommissarin mit routiniertem Kalkül durch den Kopf, und sie beschloss, den Spieß umzudrehen. Indem sie mit der Hand den Rauch wegwedelte, der aus dem langsam erlöschenden Pfeifenkopf aufstieg, sagte sie: »Meinten Sie vorhin nicht, dass Sie Ihre Pfeifen alle in Ihrem Gästezimmer haben zurücklassen müssen?«

Bodo hob eine Augenbraue. »Meine Lieblingspfeife und eine Notration Tabak trage ich stets bei mir«, antwortete er.

»Allen anderen Gästen, die das Feuer aus den Betten getrieben hatte, war anzusehen, dass sie sich in großer Hast angekleidet hatten.« Ruth zupfte am Ärmel von Bodos Anzugjacke. »Sie aber sehen aus, als hätten Sie sich für einen Theaterbesuch ausstaffiert.«

Bodo entzog ihr seinen Arm und drückte ihn an sich, als müsse er ihn vor Ruth beschützen.

»Mein Mann leidet unter Schlaflosigkeit«, brachte sich Ida ein. »Er … er streift dann ruhelos umher, selbstverständlich vollkommen angekleidet, wie es seiner pedantischen Art entspricht.«

»Aha.« Ruth lehnte sich in ihrem Korbsessel zurück und visierte Bodo an. »Dann ist Ihnen heute Nacht beim Umherstreifen womöglich irgendetwas Verdächtiges aufgefallen?«

Der Mann schüttelte den Kopf. »Nicht, dass ich wüsste. Nein.« Er furchte die Stirn. »Ah … jetzt erinnere ich mich. Franziska Beutle … sie habe ich gesehen, als sie ihr Zimmer verließ. Sie war nur leicht bekleidet und schlich barfuß umher. Dann verschwand sie im Apartment von dieser Hageren … wie heißt sie noch gleich?«

»Anke Postiri«, half Ida ihm auf die Sprünge.

»Richtig. Anke Postiri.« Bodo lächelte ungezwungen. »Die beiden hatten offenbar eine Verabredung, von der keiner erfahren sollte.«

Ruth vermutete, dass es sich bei Franziska Beutle um die Frau handelte, die von der Feuerwehr eine Wolldecke erhalten hatte. Und Anke Postiri war die hagere Mittvierzigerin. Beide waren sie jetzt in Dünya Hennings Gruppenraum untergebracht. »Wie hat Frau Beutle reagiert, als Sie ihr über den Weg liefen?«, fragte Ruth.

»Gar nicht«, gab Bodo gelassen zurück. »Selbstredend hat sie mich nicht bemerkt.«

»Sie haben sich also versteckt gehalten.«

Bodo wiegte abwägend den Kopf. »Nun ja. Irgendwie schon. Ich wollte die junge Dame nicht erschrecken.«

»Wie war das eigentlich mit dem Feuer?«, setzte Ruth wie beiläufig nach. »Wer hatte die Gäste darüber informiert?«

»Zuerst war das durchdringende Piepen eines Feuermelders zu hören«, erläuterte Bodo. »Man musste schon genau hinhören, denn der Alarm drang aus der Scheune zum Wohnhaus herüber. Dort war anscheinend ein Feuermelder installiert, wie es heutzutage ja Vorschrift ist.«

»Ich habe nichts davon mitbekommen«, ergänzte Ida. »Ich habe tief und fest geschlafen.«

»Und dann … wie ging es weiter?«, hakte Ruth nach.

»Ich war ein bisschen beunruhigt«, sagte Bodo. »Bald darauf tauchte der Bengel unserer Gastgeberin auf.«

»Rolf«, warf Ida ein.

Bodo nickte. »Rolf. Er hat ein Heidenspektakel gemacht und geschrien, dass in der Scheune ein Feuer ausgebrochen wäre. Rücksichtslos riss er alle Türen auf und drängte die Leute, das Haus sofort zu verlassen. Wenig später ist dann auch Frau Gerod hinzugestoßen. Beide haben sie vorbildlich dafür gesorgt, dass alle Gäste schleunigst ins Freie liefen.«

»Sollte sich Ihr Verdacht bestätigen und tatsächlich Brandstiftung im Spiel gewesen sein, werden Sie Ihre Beobachtungen bei der Greetsieler Polizei zu Protokoll geben müssen«, merkte Ruth an.

»Damit habe ich kein Problem«, erwiderte Bodo, stellte den Becher ab und ergriff seine Pfeife. »Wenn wir denn dann noch in Greetsiel weilen.«

»Sie können Ihren Bericht auch bei einer Polizeidienststelle in Ihrer Nähe abgeben«, erklärte Ruth und setzte eine fragende Miene auf. »Wo genau wäre das?«

Bodo bewegte sich unbehaglich in seinem Schaukelstuhl. »Oldenburg.«

»Das ist quasi um die Ecke«, warf Felix ein.

»Mehr oder weniger«, entgegnete Bodo.

Ruth sah es ihrem Gast deutlich an, wie sehr es ihm missfiel, von ihr dazu gedrängt worden zu sein, Informationen über sich preiszugeben. »Ihre Aussage könnte Sie in einem schlechten Licht dastehen lassen«, stichelte sie daher.

»Wollen Sie etwa andeuten, mein Mann hätte sich in Ihren Augen verdächtig gemacht?«, fragte Ida leicht erzürnt.

»Vielleicht verraten Sie mir einfach, was Sie in Greetsiel zu suchen haben«, erwiderte Ruth gelassen.

Ida deutete in die Nacht hinaus. Ein zarter Schimmer kündigte das Nahen des Morgens an und hatte die meisten Sterne bereits verblassen lassen. »Na … wir machen hier Urlaub«, sagte sie.

»Und wie lange gedachten Sie, in Greetsiel zu bleiben?«

»Das kommt ganz darauf an.«

Ruth beugte sich in ihrem Sessel vor. »Greetsiel ist knapp einhundert Kilometer von Oldenburg entfernt; die Strecke ist mit dem Auto in gut einer Stunde zurückzulegen. Sie würden eine Menge Geld sparen, wenn Sie die Nächte zu Hause verbrächten und Tagesausflüge nach Greetsiel unternehmen.«

»Das wäre doch dann kein Urlaub«, sagte Bodo, während er versuchte, mit einem Feuerzeug seine Pfeife in Gang zu bringen.

»Außerdem sind wir um des Klimas willen darum bemüht, so wenig fossile Brennstoffe wie möglich zu verbrauchen.«

»Wenn es Ihnen damit wirklich ernst wäre, hätten Sie sich längst ein Auto mit weniger Spritverbrauch angeschafft; oder gleich eines, das batteriebetrieben ist.«

»Das ist ja wohl unsere Sache!«

Felix fing plötzlich zu lachen an und zog die Blicke der um den Tisch Sitzenden damit auf sich. »Warum beenden wir dieses Theater nicht endlich?«, sagte er schließlich mit vergnügtem Gesichtsausdruck. »Wir umschleichen uns wie misstrauische Katzen, die einander in die Quere gekommen sind. Dabei habe ich den Eindruck, dass es allen um ein und denselben Fisch geht.«

Bodo sah den Kapitän verständnislos an. »Was genau wollen Sie damit andeuten?«

Felix sah den Mann unverwandt an. »Welchen Beruf üben Sie und Ihre Ehefrau aus?«, fragte er übergangslos und tippte dabei mit dem Finger auf den Anstecker an seinem Hemdkragen. »Meinen und den Ihrer Gastgeberin kennen Sie ja bereits.«

Ruth meinte, Felix' Geste richtig zu deuten, und plötzlich wurde ihr einiges klar. Der kleine unscheinbare Pin an seinem Hemdkragen war Bodo trotz der schlechten Lichtverhältnisse nicht nur nicht entgangen, er wusste auch, welche Bedeutung ihm zukam. Überhaupt waren Bodo und seine Frau auffallend aufmerksam und gut informiert. Ihre Marotten, mit denen sie Informationen aus den Leuten herauszukitzeln versuchten, stellten unzweifelhaft eine wohlüberlegte Strategie dar, mit der sie bestimmte Ziele verfolgten.

Das Ehepaar tauschte einen stummen Blick.

»Wir müssen es Ihnen sagen«, äußerte sich Bodo schließlich an Ida gerichtet. »Frau Fasan wird es sowieso rausbekommen, wenn sie anfängt, Nachforschungen über uns anzustellen, was sie nach dieser Nacht zweifelsfrei tun wird.«

»Worauf Sie sich verlassen können«, bekräftigte Ruth.

Ida atmete tief durch, legte die gefalteten Hände auf ihren Schoß und sagte: »Mein Mann und ich … wir betreiben gemeinsam eine Detektei. In Oldenburg.«

Felix hob die Hände in einer Geste, als wollte er sagen, dass Ida seine Vermutung soeben haargenau bestätigt hatte.

»Sie sind also Detektive.« Ruth schlug die Beine übereinander. »Und Sie stellen im Auftrag eines Klienten Nachforschungen in Greetsiel an.«

Ida verzog leicht das Gesicht. »Die Belange unserer Klienten behandeln wir stets mit äußerster Diskretion«, erklärte sie. »Sie werden daher verstehen, dass wir Ihnen keine Auskunft geben können, ob unser Aufenthalt in Greetsiel beruflicher oder rein privater Natur ist.«

Ruth wandte sich Bodo zu. »Ihre Mutmaßungen, die Brandursache betreffend, erscheinen mir nun in einem ganz anderen Licht.«

Bodo hob abwehrend die Hände. »Kein Kommentar«, sagte er.

»Ihnen ist hoffentlich klar, dass Sie gegen das Gesetz verstoßen, wenn Sie der Polizei sachdienliche Informationen vorenthalten. Ich sage nur: Strafvereitelung und Behinderung der Justiz. Dafür wird man Sie vor Gericht belangen können.«

»Das wissen wir alles«, sagte Bodo patzig. »Und dennoch: Wir haben Ihnen nichts zu sagen. Was ich in dieser Nacht beobachtet habe, habe ich Ihnen berichtet. Alles andere ist für Sie nicht von Belang.«

Ruth hatte genug. Sie stand auf, massierte sich den Nacken und sagte: »Ich gehe jetzt ins Bett.« Sie deutete auf den Tisch. »Ich erwarte, dass Sie das hier alles wegräumen.« Sie warf Bodo einen giftigen Blick zu. »Und lassen Sie sich nicht einfallen, in den Zimmern zu rauchen. Und ich wünsche auch nicht, dass Sie nächtliche Wanderungen durch mein Haus unternehmen, weil Sie angeblich nicht schlafen können.«

»Ich werde mich zusammenreißen«, versprach Bodo frostig.

Felix hatte sich ebenfalls erhoben. Ruth fasste seine Hand und gemeinsam verließen sie die Veranda. Hinter ihnen klapperten die Königs mit dem Geschirr und stellten polternd die Korbsessel an ihren Platz zurück.

Ruth seufzte und lehnte den Kopf müde an Felix' Schulter.

*

»Die beiden sind beruflich in Greetsiel; die können erzählen, was sie wollen!«

»Versuch zu schlafen«, sagte Felix und rückte im Bett dichter an Ruth heran, die ihm den Rücken zugekehrt hatte.

»Bodo hat irgendetwas im Gulfhaus gesucht, darum ist er nachts darin herumgeschlichen. Von wegen Schlafstörung.«

»Ruth, bitte.« Felix legte den Arm um sie, woraufhin sie sich an ihn schmiegte, zwei Körper, die passgenau zueinanderfanden und sich Nähe und Wärme spendeten. »Draußen graut schon der Morgen«, sagte er. »Lass uns wenigstens versuchen, noch einige Stunden Schlaf zu finden.«

Ruth seufzte und schloss gehorsam die Augen. Aber ihre Gedanken wollten keine Ruhe geben. »Ihr Auftrag hat mit dem Gerodschen Gulfhof zu tun«, murmelte sie. »Sollte sich herausstellen, dass in der Scheune Feuer gelegt wurde, werden die beiden mich von einer ganz anderen Seite kennenlernen. Dann kenne ich kein Pardon!«

Sie furchte die Stirn, stieß Felix sachte mit dem Ellenbogen an, doch er gab nur ein kaum hörbares Grummeln von sich. »Schläfst du etwa schon?«, fragte sie erbost. Sie erhielt keine Antwort. Sein Arm lag schwer auf ihr, und sein regelmäßig gehender Atem strich sanft über ihren Nacken.

Ruth öffnete die Augen, betrachtete trotzig das Grau, das hinter den handgeklöppelten Gardinen am Himmel aufschien. Dann verschwamm ihr Blick und sie schlief ein.

Kapitel 2

Helena Dalin stand inmitten der Trümmer des eingestürzten Scheunendaches und presste ihr orangefarbenes Tablet mit verschränkten Händen vor die Brust. Diese Körperhaltung vermittelte ihr nicht nur ein Gefühl der inneren Ruhe, sie schärfte auch ihre Sinne. Auf diese Weise war sie ganz auf sich fokussiert und betrachtete ihre Umgebung mit unvoreingenommener Gelassenheit, bar jeglicher durch Vorabinformationen gespeister Filter.

Das historische Gebäude war nahezu zerstört. Keiner der tragenden Holzständer in der Scheunenmitte, die ein Charakteristikum dieser Bauten darstellten, war von den Flammen verschont geblieben. Entweder ragten von ihnen nur noch Stumpen aus dem Boden oder das Feuer hatte so sehr an ihnen genagt, dass nur etwa armdicke, verkohlte Streben übriggeblieben waren. Um einem Einsturz der Dachreste vorzubeugen, waren mehrere verstellbare Eisenstreben aufgestellt worden, sodass die Scheune zwecks Untersuchungen einigermaßen gefahrlos betreten werden konnte.

Helena betrachtete die stark in Mitleidenschaft gezogenen Trägerbalken mit Wehmut. Die Freiräume zwischen diesen Holzständern wurden Gulfe genannt; ihnen verdankten diese einige Jahrhunderte alten Höfe ihren Namen. Der Gerodsche Gulfhof würde seine Jahre nun aber wohl ohne Scheune fristen müssen, denn das riesige Gebäude war unrettbar verloren und musste abgerissen werden. Von diesen Gulfhäusern gab es in Greetsiel nicht mehr viele. Es war ein Jammer, dass nun ein weiteres dieser historischen Bauwerke seiner Ursprünglichkeit beraubt worden war.

»Wie gesagt, wir haben keine Anzeichen für Brandstiftung entdecken können«, sagte der Mann an Helenas Seite und brachte sich ihr somit wieder in Erinnerung.

Die Gutachterin bedachte den stämmigen Mann in der Uniform des Brandmeisters der hiesigen Freiwilligen Feuerwehr mit einem unwilligen Blick. Wie sie, so trug auch er einen gelben Bauarbeiterhelm, der in seinem Fall einen seltsamen Kontrast zu seiner schlichten Uniform bildete. Zu ihrer gelben Öljacke, der blauen Regenhose und ihren aschblonden dünnen Haaren, die unterhalb der Ohrläppchen gerade abgeschnitten waren, passte dieser Helm viel besser, fand sie.

»Ich kenne den Abschlussbericht der Freiwilligen Feuerwehr, Herr Hiller«, erläuterte sie reserviert. »Und *Sie* sollten meinen Auftrag kennen. Der Gebäudeversicherer hat mich beauftragt, ein unabhängiges Gutachten zu erstellen.«

»Das ist mir durchaus bekannt.« Jörg Hiller war um Geduld bemüht, das konnte sie ihm deutlich ansehen. Sie kannte das: Ihre stoische Ruhe und ihre selbstvergessene Genauigkeit riefen bei den Menschen, mit denen sie beruflich zu tun hatte, oft Gereiztheit und Ärger hervor. Der Ortsbrandmeister aber gab sich große Mühe, die Contenance zu wahren. »Es ist nur so, dass es in dieser Ruine nicht ganz ungefährlich ist«, sagte er. »Wir sollten uns nur so lange wie unbedingt nötig darin aufhalten.«

»Daran ist mir ebenfalls gelegen«, gab Helena zurück. »Darum sollten Sie mich meine Arbeit machen lassen und mich nicht ständig stören.«

»Das tue ich doch gar nicht.« Jörg Hiller winkte ab, als hielte er die Gutachterin für einen hoffnungslosen Fall. Sie sah es ihm nach, denn er musste sie schließlich seit mehreren Stunden ertragen. Bevor sie sich nämlich der Scheunenruine zugewandt hatte, hatte sie mit dem Brandmeister das angrenzende Wohnhaus besichtigt. Die Versicherung hatte untersagt, dass das Haus betreten werden durfte, bevor die Räumlichkeiten nicht von einem Gutachter in Augenschein genommen worden waren. Diese Aufgabe war nun erledigt, und Helena konnte sich der wichtigeren Angelegenheit ihres Auftrages widmen: der Scheune.

Die Gutachterin blendete den Feuerwehrmann in ihrer Wahrnehmung erneut aus, was ihr nicht schwerfiel, da er jetzt nichts mehr sagte. Nun spürte sie auch wieder den kühlen Sprühregen auf ihrer Gesichtshaut, der durch das zerstörte Dach in den gewaltigen Innenraum fiel. Der Ruf einiger am Himmel kreisender Enten drang zu ihnen herab. Helena nahm den penetranten Geruch nach Verbranntem wahr. Erkaltete, feucht gewordene Holzkohle bildete eine charakteristische Duftmischung, die ihr während ihrer Arbeit häufig begegnete. Aber hier war sie besonders intensiv, obwohl der Brand schon eine Woche zurücklag.

Ihr umherschweifender Blick blieb an einem mikadostäbchenartigen Gewirr von übereinander gestürzten verkohlten Balken hängen. Die Streben hatten die Betonschicht durchschlagen, mit der der Scheunenboden irgendwann einmal überzogen worden war. Die Hitze und das Löschwasser mussten den Baustoff mürbe und spröde gemacht haben, sodass die herabstürzenden Balken ihn zerschmetterten.

Einem inneren Impuls folgend schritt Helena auf den Balkenwust zu. Der Boden hätte nicht auf diese Weise einbrechen können, wenn kein Hohlraum darunter verborgen gelegen hätte, ging es ihr durch den Kopf.

»Entschuldigen Sie!«, rief der Brandmeister ihr nach. »Das Feuer ist im hinteren Teil der Scheune ausgebrochen und nicht in der Mitte. Sie gehen in die falsche Richtung!«

Helena schüttelte verärgert den Kopf, als wollte sie ein Insekt vertreiben, das vor ihrem Gesicht herumflog.

Jörg Hiller gab sich einen Ruck und folgte ihr. »Dieser Bereich ist nicht sicher!«, mahnte er eindringlich. »Kommen Sie zurück!«

Das Tablet an ihre Brust gedrückt, setzte Helena ihren Weg unverdrossen fort, stieg über Asche und zerschmetterte Dachschindeln hinweg und blieb dann stehen. Aus dem Loch im Boden, in dem einige Balken steckten, schimmerte etwas fahl hervor. Da steckte ein Fremdkörper, der nach Helenas Empfinden dort nicht sein sollte.

Sie schaltete ihre Stirnlampe ein und richtete den Strahl in die Kuhle. Ein menschlicher Totenschädel grinste ihr aus der Tiefe entgegen. In den hohlen Augenhöhlen hatten sich Asche und Schlacke gesammelt, sodass es schien, als würden kohlschwarze Augen daraus hervorstarren. Im Stirnbein klaffte ein kleines Loch und an der Kinnlade hing Gewebe, sodass sie sich noch nicht von dem Schädel hatte lösen können.

Jörg Hiller stieß einen entsetzten Schrei aus, als er sah, was das Licht der Stirnlampe aus dem Dunkel gerissen hatte.

Helena wandte sich dem Mann zu. »Wir müssen die Polizei verständigen«, sagte sie nüchtern.

*

»Die Greetsieler Polizei wird in Kürze eintreffen«, informierte Jörg Hiller die Gutachterin und steckte das Handy zurück in die Tasche seiner Uniformjacke. Die Streifenpolizistin Alice Bergmann, mit der er gesprochen hatte, hatte sich von ihm haarklein die Umstände schildern lassen, die zum Fund der Leiche geführt hatten, und wer dabei gewesen war.

Er blies die Wangen auf und spähte noch einmal ins Bodenloch. »Das ist doch wohl nicht zu fassen!«, entfuhr es ihm. Er schüttelte sich, um das Frösteln loszuwerden, das ihn beim Anblick des Totenschädels ergriffen hatte. In unmittelbarer Nähe ragte ein beinerner Ellenbogen aus der Schlacke, und an anderer Stelle glaubte er, Fingerknochen in der Asche auszumachen.

Als er den Schädel vorhin das erste Mal gesehen hatte, hatte er sofort befürchtet, dass das Feuer entgegen seiner Überzeugung offenbar doch ein Todesopfer gefordert hatte. Aber dann hatte er am Zustand des Totenkopfes erkannt, dass dieser schon ziemlich lange dort unten liegen musste. Es war ein Wunder, dass das Gebein während des verheerenden Brandes nicht stärker in Mitleidenschaft gezogen worden war. Das konnte, wie er vermutete, nur daran liegen, dass die Betonplatte von den Balken erst durchschlagen und den Hohlraum darunter freigelegt hatte, als der Brand schon nicht mehr ganz so heftig wütete. Das sich in der Mulde sammelnde Löschwasser hatte dann sein Übriges getan, eine Einäscherung der sterblichen Überreste zu verhindern.

Ein Geräusch ließ den Brandmeister herumwirbeln. Seine Nerven lagen blank. Es war aber auch das Wissen, dass die Polizei so schnell nicht hätte auf der Bildfläche erscheinen können, das ihn herumfahren ließ. Als er den Herrn in dem eleganten Anzug erblickte, der im Durchbruch der Seitenmauer erschienen war und mit seinen edlen Herrenschuhen umständlich über die Trümmer stakste, machte sich augenblicklich Unmut in ihm breit.

»Sie schon wieder!«, rief er dem Mann ungehalten zu. »Ich hatte Ihnen gesagt, dass ich mich bei Ihnen melden werde, sobald das Wohnhaus des Gulfhofs zum Betreten freigegeben wurde. Sie hätten sich nicht extra aus Oldenburg hierherbemühen müssen.«

Der Mann vollführte eine vage Handbewegung, während er über die Trümmer balancierte. »Jaja, ich weiß.« Er lächelte zuvorkommend und erreichte mit einem Sprung einigermaßen ebenen Boden. »Mir war zu Ohren gekommen, dass heute der Besuch einer Sachverständigen ansteht, und da hatte ich mir gedacht, ich schaue gleich mal vorbei. Und da ich Ihren Wagen neben der Scheune parken sah, dachte ich …«

»Bleiben Sie stehen!«, befahl Jörg. »Keinen Schritt weiter.« Er fragte sich, auf welchem Weg Bodo König von Helena Dalins Besuch erfahren hatte. Dies war eine interne Angelegenheit der

Versicherung und nicht publik gemacht worden. »Herr König«, sagte er eindringlich. »Ich muss Sie auffordern, die Ruine sofort zu verlassen. Haben Sie das Absperrband nicht gesehen?«

Das abweisende Verhalten des Brandmeisters schien Bodo nicht zu beeindrucken, im Gegenteil, es spornte ihn offensichtlich an, noch tiefer in das baufällig gewordene Gebäude einzudringen. Unverdrossen näherte er sich Jörg und der vor dem Bodenloch knieenden Gutachterin.

»Sie sollen verschwinden, verdammt!«, fuhr Jörg den Mann an.

»Ich will nur endlich wissen, ob ich meine Sachen aus dem Gästezimmer holen kann«, gab Bodo zurück. »Meine Frau liegt mir seit Tagen in den Ohren, weil sie ihren Schmuck vermisst, den sie wegen des Feuers im Gulfhaus zurücklassen musste.«

Helena Dalin sah zu dem Mann auf. »Ich bin mit der Besichtigung des Wohnhauses fertig«, sagte sie. »Das Gebäude darf wieder betreten werden. Es bestehen keine versicherungsrechtlichen Bedenken.«

Bodo schien sich plötzlich gar nicht mehr für sein Anliegen zu interessieren. Stattdessen stierte er angestrengt in das Bodenloch. »Dort liegt ein menschliches Skelett, wie mir scheint«, äußerte er sich.

Jörg stieß einen tiefen Seufzer aus. Bodo König nervte ihn seit Tagen mit seinen Anrufen und Nachfragen den Gulfhof betreffend. Und nun hatte er diesen Totenkopf auch noch gesehen. Dies dürfte sein Interesse für das Gerodsche Anwesen nur noch mehren, wie er befürchtete. Die Königs waren extrem neugierig und ließen sich partout nicht abwimmeln.

Erneut waren aus der Richtung des Mauerdurchbruchs Schritte zu hören. Entnervt fuhr der Brandmeister herum, atmete dann aber erleichtert durch, als sein Blick auf Hauptkommissarin Ruth Fasan und ihren Kollegen Kommissar Hagen Reese fiel.

»Gut, dass Sie endlich da sind!«, rief er den beiden zu. »Mir wächst diese Sache hier langsam über den Kopf!«

*

Die beiden Kriminalisten nickten freundlich in die Runde, während sie sich dem Fundort der Leiche näherten. Nebeneinander stellten sie sich vor die Kuhle und blickten hinein. Hagen schaltete eine Taschenlampe ein und sorgte für bessere Sicht. Was Ruth dann sah, veranlasste sie, sich zu den Versammelten umzudrehen. Eine böse Ahnung stieg in ihr auf, um wessen sterbliche Überreste es sich handeln könnte. Sie hatte nicht vergessen, was Hagen ihr über das Verschwinden von Martin Gerod, Polinas Ehemann, erzählt hatte. Und ihr war das Einschussloch in der Stirnpartie des Totenschädels nicht entgangen.

Zuerst wandte sie sich an Bodo König. »Was haben Sie hier verloren?«, fragte sie den Privatdetektiv forsch.

»Ich bin rein zufällig hier«, antwortete dieser und lächelte charmant. »Warum fragen Sie? Haben Sie Sehnsucht nach mir und meiner Frau?«

Ruth verzog freudlos das Gesicht. »Sie zwei Tage in meinem Deichhaus zu beherbergen hat vollkommen ausgereicht, um jedwedes Bedürfnis, Ihnen in absehbarer Zeit noch einmal zu begegnen, im Keim zu ersticken.«

Jörg Hiller grinste, ohne dabei unhöflich zu wirken. »Mir geht es ähnlich«, gestand er. »Die Königs drängen seit Tagen darauf, ihre Habseligkeiten wiederzubekommen, die sie in ihrem Zimmer zurücklassen mussten. Sie sind dabei alles andere als unaufdringlich.«

»Wir haben ein berechtigtes Interesse, unsere Reiseutensilien schnellstmöglich zurückzubekommen«, stellte Bodo klar. Ob die Worte der Hauptkommissarin und des Brandmeisters ihn gekränkt hatten, ließ er sich mit keiner Miene anmerken.

Ruth konnte sich lebhaft vorstellen, woher Bodos Interesse rührte, denn sie hielt es für sehr wahrscheinlich, dass es sich bei den Dingen, die die Königs unbedingt zurückhaben wollten, um Material handelte, das ihre Nachforschungen betraf, die sie nach Greetsiel geführt hatten. Nur allzu gerne hätte sie einen Blick in dieses Zimmer geworfen, aber dafür hatte es bisher keine rechtliche Handhabe gegeben. Jetzt hatte sich die Situation allerdings ein wenig geändert.

»Ich hatte Ihnen bereits erlaubt, das Wohnhaus zu betreten«, machte sich Helena Dalin bemerkbar. »Sie können Ihre Sachen also abholen, Herr König.«

»Sicher haben Sie nichts dagegen, wenn mein Partner Sie begleitet und Ihnen hilft, das Zimmer zu räumen«, warf Ruth wie beiläufig ein.

Der Detektiv hob skeptisch eine Augenbraue. »Womit habe ich diese Hilfsbereitschaft der Kriminalpolizei verdient?«

Ruth sah den Mann lauernd an. »Sie haben den Schädel gesehen und können sich denken, warum.«

Bodo holte eine Pfeife aus seinem Jackett. »Sie sprechen von dem Einschussloch in der Stirn«, sagte er und steckte sich das Mundstück zwischen die Lippen.

Ruth nickte. »Gut möglich, dass diese Person ermordet wurde. Und das wirft für mich erneut die Frage auf, aus welchem Grund sich zwei Privatdetektive in dem Gulfhof einquartiert haben.«

Der Brandmeister bekam große Augen. »Die Königs sind Privatschnüffler?«, fragte er ungläubig. »Das erklärt so einiges.«

Ruth fand es bezeichnend, dass das Ehepaar mit dieser Information bisher hinterm Berg gehalten hatte. »Wie sieht es aus?«, drängte sie.

Bodo zuckte unbehaglich mit den Schultern. »Ich bin nicht dazu verpflichtet, die Polizei mein Reisegepäck begutachten zu lassen.«

»Sie könnten es trotzdem tun«, gab Ruth ausnehmend höflich zurück. »Um sich für meine Gastfreundschaft zu revanchieren, die Sie und Ihre Frau zwei Tage lang in Anspruch genommen haben.«

Bodo sah an Ruth vorbei in die Kuhle und nickte dann kaum merklich. »Also schön«, sagte er. »Ich bin einverstanden.«

Ruth nahm dieses Entgegenkommen kommentarlos zur Kenntnis. Sie hatte jedoch nicht vergessen, dass Bodo in der Nacht der Katastrophe mehrmals den Verdacht der Brandstiftung geäußert hatte. Daher warf sie Helena Dalin nun einen fragenden Blick zu. »Haben Sie – abgesehen von diesem Skelett – in der Scheune irgendetwas Verdächtiges gefunden?«, fragte sie. Seit sie vor einigen Tagen von dem Brandmeister informiert worden war, dass er und seine Kollegen in der Scheune keine Anzeichen für Brandstiftung hatten finden können, hatte sie diese Angelegenheit abgehakt und nicht weiter verfolgt. Nur am Rande hatte sie mitbekommen, dass die Versicherung auf den Abschlussbericht eines unabhängigen Gutachters bestanden hatte. Außerdem weigerte sich der Versicherer, für Schäden, die bis zur Fertigstellung des Gutachtens an Personen während des Aufenthalts in dem Gebäude eventuell entstanden, aufzukommen. Dabei berief er sich auf eine Klausel im Vertrag. Polina Gerod war daraufhin nichts anderes übriggeblieben, als das Gulfhaus so lange für den Publikumsverkehr zu sperren, bis das geforderte Gutachten vorlag.

Helena Dalin schüttelte den Kopf. »Ich hatte gerade erst mit der Besichtigung der Scheune begonnen«, erläuterte sie. Fahrig blickte sie umher, als erwartete sie, weitere Schrecknisse zu entdecken, wenn sie zu genau hinsah. »Ich fühle mich hier äußerst unwohl, muss ich gestehen.«

»Das ist auch nur zu verständlich«, brachte sich Hagen ein. »Wahrscheinlich stehen Sie unter Schock.«

Helena nickte abgehackt. »Ich … ich werde die Untersuchung für heute abbrechen«, stammelte sie.

Der Brandmeister kratzte sich am Nacken. »In Ordnung«, sagte er. »Beenden wir diese Besichtigung vorerst. Mich machen diese bleichen Knochen ebenfalls nervös.« Er fasste Helena behutsam am Oberarm und führte sie von der Mulde fort. Die Gutachterin quittierte die Fürsorge des Brandmeisters mit einem zerstreuten Lächeln. Sie schien vollkommen durcheinander und starrte zu Boden.

»Die Frau scheint ein bisschen labil«, raunte Hagen seiner Chefin zu.

Ruth zuckte mit den Schultern. »Es kommt mir ganz gelegen, dass sie das Feld räumen. So werden sie unseren Kollegen von der Spurensicherung wenigstens nicht im Weg stehen.«

Hagen tastete nach seinem Handy. »Ich rufe in Emden an und informiere den Gerichtsmediziner, dass er in Greetsiel gebraucht wird.«

»Das erledige ich«, entgegnete Ruth und deutete mit einem Kopfnicken hinter Bodo König her, der sich davonzustehlen versuchte. »Sie begleiten unseren Privatdetektiv in das Gästezimmer und verschaffen sich einen Überblick über die Reiseutensilien des Ehepaars. Ich werde nämlich den Eindruck nicht los, dass die Königs irgendetwas mit den Vorkommnissen rund um den Gerodschen Gulfhof zu tun haben.«

Hagen nickte gehorsam und eilte dann hinter Bodo her, der den Mauerdurchbruch schon fast erreicht hatte.

*

Nachdem Ruth Fasan alle erforderlichen Telefonate erledigt hatte, hatte es endlich zu nieseln aufgehört. Bedachtsam stieg sie über die Trümmer hinweg, mit denen das Innere der Scheune übersät war. Am Ende des Gebäudes, dort, wo das Feuer mutmaßlich ausgebrochen war, war die Zerstörung besonders verheerend. Die rußgeschwärzte

Mauer ragte verloren zwischen den Überresten des Daches auf, die sich davor aufschichteten.

Ruth beneidete die Gutachterin nicht um ihren Job, in diesem Gewirr nach Spuren zu suchen, die Aufschluss über die Brandursache geben könnten. Plötzlich wurde sie hinter einer der kleinen Fensteröffnungen einer Bewegung gewahr. Sie erblickte eine zierliche Frau, die nun ungeniert durch das zerstörte Fenster hereinschaute.

»Ich hatte mich bereits gefragt, wo Sie abbleiben«, sprach Ruth die Frau unaufgeregt an. »Wo Bodo sich aufhält, können Sie auch nicht weit sein, Ida.«

Die Angesprochene hob gelassen eine Schulter. »So sind wir nun mal«, sagte sie nüchtern. »Wir ergänzen uns wunderbar.«

»Besonders während Ihrer Ermittlungen, nicht wahr?« Ruth trat näher an das Fenster heran.

»Privat verstehen wir uns ebenfalls ausgezeichnet«, erwiderte Ida und lächelte.

»Und warum helfen Sie Ihrem Mann dann nicht beim Räumen Ihres Gästezimmers?«

»Das schafft er auch allein. Außerdem haben Sie ihm einen Kollegen zur Unterstützung bereitgestellt. Es ist also alles bestens.« Ida sah Ruth durch das rußumkränzte Fenster an. »Jetzt gibt es also auch noch eine Leiche«, stellte sie fest.

»Überrascht Sie das?«

»Es überrascht mich nicht weniger als die Feuersbrunst, die all das hier angerichtet hat«, erwiderte sie und sah sich beklommen um. »Mit all dem hatten wir nicht gerechnet …«

»… als Sie diesen Auftrag von Ihrem Klienten angenommen hatten«, vervollständigte Ruth den Satz.

»Als wir diese Reise nach Greetsiel gebucht hatten«, gab Ida unterkühlt zurück.

»Klar«, spottete Ruth. »Noch immer nehmen Sie Ihren Klienten in Schutz. Und Sie wollen mir auch nicht erzählen, was Sie in seinem Namen im Gerodschen Gulfhof herausfinden sollen.«

»Würde es einen solchen Auftrag wirklich geben, würde ich genauso verfahren«, bestätigte Ida, lächelte dann aber versöhnlich. »Selbstverständlich würden wir aber mit der Polizei kooperieren, für den Fall, dass sich zwischen unseren Nachforschungen und eventuellen polizeilichen Ermittlungen Überschneidungen abzeichneten.«

»Und das halten Sie im konkreten Fall wirklich für ausgeschlossen?«, fragte Ruth unverblümt. »Eine historische Scheune brennt fast bis auf die Grundmauern nieder, und die sterblichen Überreste eines Menschen werden gefunden.«

Idas Gesicht wirkte nun ein bisschen angestrengt. »Bodo hat mir am Handy berichtet, dass Sie von Mord ausgehen.«

»Danach sieht es momentan tatsächlich aus. Genaueres wird die gerichtsmedizinische Untersuchung ergeben.«

»Und diese Leiche ... sie liegt anscheinend schon länger dort, wo sie gefunden wurde.«

»Auch das scheint sehr wahrscheinlich.« Ruth beließ es bei dieser Andeutung.

Ida furchte die Stirn. »Kennen Sie sich in der jüngeren Geschichte der Familie Gerod aus?«, fragte sie.

Die Hauptkommissarin sah über ihre Schulter hinweg zur Fundstelle der Leiche hinüber. »Martin Gerod, Polinas Ehemann und der Vater von Rolf, verschwand vor zwanzig Jahren«, sagte sie. »Offenbar ist niemandem bekannt, wohin er sich abgesetzt hat.« Ruth hütete sich, die naheliegende Mutmaßung hinzuzufügen, die sich ihr förmlich aufdrängte. Diese wollte sie lieber von Ida König hören.

»Martin Gerod ist nicht der einzige Mann, der in den vergangenen Jahrzehnten im Zusammenhang mit diesem Gulfhof plötzlich spurlos verschwand«, sagte die zierliche Frau dann aber.

Ruth hatte Mühe, ihre Überraschung zu verbergen. »Nicht?«, sagte sie, lächelte dann aber gezwungen. »Klären Sie mich auf. Ich lebe noch nicht allzu lange in der Krummhörn, um alle Gerüchte und Anekdoten zu kennen, die man sich hier erzählt.«

»Von dieser anderen Sache wissen vermutlich auch nicht allzu viele Leute«, gab Ida begütigend zurück. »Ihre Unwissenheit braucht Sie also nicht zu bedrücken.«

Ruth war sich nicht sicher, ob sie leisen Triumph in der Stimme der Detektivin hatte mitschwingen hören. Triumph darüber, als Privatdetektivin mehr zu wissen als die hiesige Hauptkommissarin.

Wenn das der Fall war, hatte Ida aber offenbar nicht vor, Ruth diese Überlegenheit länger spüren zu lassen. »Vor vierundzwanzig Jahren ist ein Angestellter des Gerodschen Gulfhofs plötzlich von der Bildfläche verschwunden«, gab sie nun bereitwillig Auskunft. »Sein Name lautet Heinz Manning. Er kümmerte sich um die auf dem Hof anfallenden Arbeiten. Es waren Hausmeistertätigkeiten, denn auf diesem Gulfhof wird schon seit Langem keine Landwirtschaft mehr betrieben.«

»Es wundert mich, dass Sie von dieser Sache Kenntnis haben«, merkte Ruth an. »Interessiert man sich in Oldenburg womöglich mehr für die Geschehnisse in Greetsiel, als es die hiesigen Bewohner tun?«

Ida lächelte frostig. »Wollen Sie mir aus meiner Beredsamkeit jetzt etwa einen Strick drehen, Frau Hauptkommissarin? Vielleicht sollte ich es mir das nächste Mal genauer überlegen, ob ich Ihnen Informationen zukommen lassen soll, die für Ihre Ermittlungen relevant sein könnten.«

Ruth sah die Frau scharf an. »Ob Sie mit der Polizei kooperieren wollen, sollte nicht von Ihrem Gutdünken abhängen, Frau König«, sagte sie spitz. »Ich verlange, dass Sie und Ihr Gatte mir nichts vorenthalten, was zur Aufklärung einer eventuellen Straftat beitragen könnte. Dazu sind Sie verpflichtet!«

Ida hob beschwichtigend die Hände. »Es steht noch gar nicht hundertprozentig fest, ob überhaupt und wenn ja, welche Art von Straftat vorliegt«, sagte sie. »Weder ist Brandstiftung nachgewiesen, noch ist sicher, welches Schicksal diesen armen Tropf ereilt hat, dessen Skelett in dieser Scheune gefunden wurde.«

»Womöglich haben Sie aufgrund Ihrer bisherigen Nachforschungen eine Ahnung.«

»Mein Instinkt hat mich schon oft getrogen«, gab Ida zurück. »Darum möchte ich Sie mit meinen Vorahnungen lieber nicht behelligen.«

Ruth presste die Lippen aufeinander. Für einen Moment hatte sie geglaubt, Ida zu fassen zu kriegen und sie dazu zu bringen, ihr von ihrem Klienten und ihrem Auftrag zu erzählen. Mehr denn zuvor war sie davon überzeugt, dass es beides geben musste. Aber erneut hatte sich die Privatdetektivin ihr entzogen. Ida König war eine gerissene und intelligente Frau. Wer immer die Dienste dieses Paares in Anspruch genommen hatte, hatte eine gute Wahl getroffen. Auf diese Detektive konnte man sich verlassen, wenn man Diskretion und Zurückhaltung erwartete.

Ida drehte Ruth plötzlich das Profil zu, und ihr Gesicht verfinsterte sich. Offenbar hatte sie etwas Beunruhigendes erblickt. Was es war, konnte Ruth nicht sehen, da die Mauer ihr die Sicht nach draußen weitgehend verstellte.

»Ich muss jetzt gehen«, erklärte Ida übergangslos. Sie lächelte dünn. »Bestimmt sehen wir uns bald wieder.« Mit diesen Worten wandte sie sich ab und eilte davon.

*

Stimmen und der Klang von Schritten drangen zu Ruth herüber. Mehrere Personen näherten sich der Ruine. Die Hauptkommissarin beeilte sich, zur Bruchstelle in der Mauer zu gelangen, ehe die Ankömmlinge diese erreichten. Die Kollegen aus Emden waren vermutlich noch Richtung Greetsiel unterwegs, daher nahm Ruth an, dass sich Polina Gerod auf den Weg zur Scheune gemacht hatte. Ruth hatte sie telefonisch von dem grausigen Fund unterrichtet, nachdem sie die Kollegen in Emden in Bewegung gesetzt hatte.

Die Hauptkommissarin hatte richtig vermutet. Polina kam auf das Gebäude zu. Neben ihr schritt der Mann einher, der ihr in der Nacht der Feuersbrunst eine Steppdecke um die Schultern gehängt hatte und bei dem Polina und ihr Sohn untergekommen waren, weil sie das Wohnhaus des Gulfhofs nicht betreten durften. Rolf trottete in einigem Abstand hinter den beiden her. Wie seine Mutter sah er bleich und angespannt aus.

Ruth baute sich in dem Mauerdurchbruch auf, und als die Gruppe sie erreichte, blieb sie vor ihr stehen.

»Ist es wirklich wahr?«, fragte Polina mit brüchiger Stimme. »Sie haben eine Leiche in meiner Scheune gefunden?«

Ruth ersparte es der Frau, die Details zu wiederholen, die sie ihr bereits am Telefon geschildert hatte. Es handelte sich auch eher um eine rhetorische Frage, die durchblicken ließ, wie beklommen sich die Gutsbesitzerin fühlte.

»Du musst dir das nicht ansehen«, sagte Wolfgang Berger und umfasste dabei mitfühlend Polinas Schultern.

»Natürlich muss sie das!«, fuhr Rolf dazwischen. »Dieser Leichnam … das könnte mein Vater sein!«

»Sowas darfst du nicht einmal denken«, schluchzte Polina. Sie legte die Hand auf ihre Brust und bewegte klopfend die Finger. »Martin … dein Vater. Er lebt. Ich würde es spüren, wenn es anders wäre … hier in meinem Herzen.«

Rolf fuchtelte ungehalten mit den Armen. »So ein Unsinn, Mutter. Wie solltest du das spüren können?«

»Sei nicht so grob zu deiner Mutter«, tadelte Wolfgang den jungen Mann. »Nimm mehr Rücksicht auf ihre Gefühle.«

»Und wer nimmt auf mich Rücksicht?«, schrie Rolf. »Ich habe ein Recht zu erfahren, was meinem Vater zugestoßen ist!«

»Nichts ist ihm zugestoßen!«, fuhr Polina ihn an. »Er hat uns im Stich gelassen, ist auf und davon. Das ist *uns* zugestoßen!«

Rolfs Lippen bebten. »Das glaube ich nicht!« Er trat einen Schritt auf Ruth zu. »Ich will diese Leiche sehen!«, forderte er.

Ruth furchte die Stirn. »Der Zustand dieser sterblichen Überreste macht eine Identifizierung per Inaugenscheinnahme unmöglich«, sagte sie. »Es sind nur Knochen von dem Toten übrig.«

Rolf ballte die Fäuste. »Trotzdem. Ich muss ihn sehen!«

»Es ist noch nicht einmal gesagt, ob es tatsächlich ein Mann ist«, gab Ruth zu bedenken. »Das Geschlecht wird der Gerichtsmediziner, der in Kürze hier eintrifft, anhand des Knochenbaus wahrscheinlich aber feststellen.«

Rolf starrte sie trotzig an. »Ich will diesen Toten sehen, jetzt sofort!«

Ruth warf Polina einen fragenden Blick zu. Rolf war längst volljährig, dennoch hielt sie es für angebracht, ihn nicht allein entscheiden zu lassen, ob er sich diesem Anblick aussetzen sollte.

Die Gutsbesitzerin zögerte zuerst, nickte dann aber. »Lassen wir ihm seinen Willen«, sagte sie schweren Herzens. »Er wird sonst keine Ruhe geben.«

Rolf schob sich ungestüm an der Hauptkommissarin vorbei. Behände stieg er über die Trümmer hinweg, blieb dann aber unschlüssig stehen. »Wo liegt die Leiche?«, wollte er wissen, als wäre er nun doch ein wenig unsicher geworden.

»Folgen Sie mir.« Ruth stakste über geborstene Dachschindeln auf die aufgetürmten Balken zu, von denen einige im Bodenloch steckten und die Sicht darauf verstellten.

Rolf blieb unschlüssig stehen, wo er war. Er setzte sich erst in Bewegung, als er sah, dass seine Mutter sich nun ebenfalls anschickte, die Ruine zu betreten. Wolfgang Berger stolperte tapsig hinter der Gutsbesitzerin her. »Ich halte das für einen Fehler«, sagte er. Aber keiner beachtete ihn.

Als Ruth die Mulde erreichte, trat sie einen Schritt zur Seite. Sie schaltete die Taschenlampe ein, die Hagen ihr überlassen hatte, und richtete den Lichtstrahl in die Schatten.

Rolf sog hörbar Luft zwischen den Zähnen ein, als er den bleichen Totenschädel erblickte. Polina tastete zuerst nach der Hand ihres Begleiters, bevor sie sich neben ihren Sohn stellte.

»Ist das Papa?«, fragte Rolf mit rauer Stimme, ohne den Blick von den Gebeinen abzuwenden.

Polina wollte etwas erwidern. Sie öffnete den Mund, aber ihre Lippen bebten heftig und sie brachte keinen Ton hervor.

»Er ist es, nicht wahr?«, rief Rolf anklagend. »Wir dachten, er hätte uns verlassen ... dabei ... dabei ...« Seine Stimme erstarb.

»Wir sollten den Bericht der Polizei abwarten, ehe wir irgendwelche Mutmaßungen anstellen«, sagte Wolfgang eindringlich.

Rolfs Kopf ruckte herum. Aufgebracht starrte er den Mann an. »Was geht dich das eigentlich an?«, rief er gereizt.

»Ich sorge mich um deine Mutter«, gab Wolfgang barsch zurück. »Siehst du denn nicht, wie sehr sie das alles mitnimmt?«

Polina sah tatsächlich noch um einiges blasser aus als vorhin schon, musste Ruth feststellen, und sie fragte sich, ob sie diese Aktion jetzt nicht lieber abbrechen sollte.

Die Gutsbesitzerin schüttelte abgehackt den Kopf. »Das ist nicht dein Vater«, presste sie mühsam beherrscht hervor. »Das kann er nicht sein!«

»Woher willst du das wissen?«, rief Rolf gequält.

Erneut fasste sich Polina an die Brust. »Das sagt mir mein Herz, Junge.«

Ihr Sohn stieß einen unwilligen Laut aus. »Warum willst du die Wahrheit nicht sehen?«, fragte er aufgebracht. Anklagend deutete er in die Kuhle. »Wessen Knochen sollten das denn sonst sein, bitte schön?«

Polina zuckte fahrig mit den Schultern. »Was weiß ich denn?«, wurde sie nun ebenfalls ein wenig ungehalten.

Nochmals sah Rolf in die Vertiefung hinab. Seine Augen verengten sich. »Da ... ist ein Loch in der Stirn«, stellte er fest und deutete unsicher mit der Hand. Er richtete den Blick auf Ruth. »Was hat das zu bedeuten?«

Die Hauptkommissarin schaltete die Taschenlampe aus. »Das werden wir noch herausfinden«, sagte sie ausweichend.

Rolf sah sie lauernd an. »Das ist ein Einschussloch, nicht wahr?«

»Gut möglich.«

Rolf wandte sich an seine Mutter. »Martin ... wurde er erschossen?«

»Woher soll deine Mutter das denn wissen?«, polterte Wolfgang drauflos.

Polina klammerte sich mit beiden Händen an ihrem Begleiter fest. »Ich möchte jetzt gehen«, sagte sie mit zittriger Stimme.

Rolf schlug plötzlich die Hände vors Gesicht und sackte in die Knie. Gequält schluchzte er auf. »Papa«, drang es dumpf hinter seinen Händen hervor. »Mein Papa.«

Polina löste sich von Wolfgang und hockte sich vor ihren Sohn hin. Mitfühlend legte sie ihm eine Hand auf den Scheitel. »Dein Vater ... er erfreut sich bester Gesundheit, treibt sich dort draußen in der Weltgeschichte irgendwo herum. Du quälst dich umsonst, Junge.«

Rolf ließ die Hände sinken, sah seine Mutter aus tränennassen Augen an. »Wie kannst du dir da so sicher sein?«

»Warum vertraust du nicht einfach auf das Herz deiner Mutter?«, fragte sie.

Rolf zeigte in das jetzt dunkle Bodenloch. »Weil ... weil er dort unten liegen könnte. Das kannst du nicht einfach ausblenden!«

»Nimm endlich Vernunft an!«, wurde Wolfgang plötzlich aufbrausend. »Dein Vater ist nicht der einzige Kandidat, dem diese Knochen gehören könnten!«

Verwirrt blickte Rolf zu dem Mann auf. »Was meinst du?«

Wolfgang winkte ab. »Es weiß doch noch niemand, was es mit diesen sterblichen Überresten auf sich hat«, gab er ausweichend zurück. »Alles Mögliche kann passiert sein. Womöglich gehören diese Knochen einer uns völlig fremden Person.«

»Und wie sollte die uns völlig fremde Person ausgerechnet unter die Betonbodenplatte unserer Scheune geraten sein?«, fragte Rolf spöttisch.

Wolfgang rang die Hände. »Keine Ahnung. Es ist Aufgabe der Polizei, die Wahrheit herauszufinden!«

Ruth wurde den Eindruck nicht los, dass Wolfgang Berger sehr wohl eine Vorstellung davon hatte, wer, von Martin Gerod abgesehen, dort unten in der Kuhle liegen könnte. Und sie hatte nicht vor, ihn mit diesen vagen Ausflüchten davonkommen zu lassen, mit denen er sich aus der Affäre zu ziehen versuchte.

»Es ist von Heinz Manning die Rede, habe ich recht?«, fragte sie unverfroren.

Wolfgangs Miene verfinsterte sich und Polina ächzte. Benommen schraubte sie sich in die Höhe und stand dann wankend da, sodass Wolfgang rasch hinzutrat, um sie zu stützen.

»Wie … wie kommen Sie darauf, das anzunehmen?«, fragte sie entgeistert.

»Weil von Heinz Manning seit vierundzwanzig Jahren jede Spur fehlt«, erwiderte Ruth. »Und von Ihrem Mann hat man seit zwanzig Jahren nichts mehr gehört. So jedenfalls wurde es mir zugetragen.«

»Heinz Manning?« Rolf kam nun ebenfalls auf die Beine. Verständnislos sah er seine Mutter an. »War das nicht dieser Hausmeister, der mal auf dem Hof gearbeitet hatte?«

Polina nickte. »Das … das war vor deiner Geburt.« Beklommen sah sie zur Mulde hinüber. »Aber das kann nicht sein. Heinz … er lebt irgendwo in Italien.«

»Sie wissen also, wo Heinz Manning sich zurzeit aufhält?«, hakte Ruth nach. Hatte Ida König sie etwa in die Irre geführt, als sie ihr von Heinz Manning erzählte, oder wusste die Privatdetektivin tatsächlich nicht, dass der Verbleib des ehemaligen Hausmeisters gar kein so großes Rätsel darstellte, wie sie glaubte, herausgefunden zu haben?

Polina starrte wirr vor sich hin. »Es gab einen Abschiedsbrief damals«, sagte sie. »Mein Mann und ich … wir fanden das Kuvert auf dem Küchentisch. Heinz schrieb, dass er sich nach Italien absetzen würde, um dort ein neues Leben zu beginnen.« Sie nickte wie in Erinnerung versunken. »Seine Eltern bekamen dann noch einige Jahre regelmäßig Post von ihm. Was inzwischen aus ihm wurde, ist mir nicht bekannt.«

»Hieß es nicht, Heinz wäre damals spurlos verschwunden?«, wunderte sich Wolfgang.

Polina sah ihn strafend an. »Du musst nicht alles glauben, was man sich erzählt.« Sie lächelte gezwungen. »An diesem Gerücht tragen wahrscheinlich Heinz' Eltern die Schuld. Ihr Verhältnis zu ihrem Sohn war nicht das beste. Dass er sich nach Italien absetzte, ohne sich von ihnen vorher zu verabschieden, hatte sie sehr verletzt. Aus diesem Grund haben sie diese Tatsache stets verschwiegen und so getan, als wüssten sie nicht, was aus ihrem Heinz geworden ist. Nur mir haben sie von diesen Briefen erzählt.«

»Und du hast nichts unternommen, dieses falsche Gerücht aus der Welt zu schaffen?«, wunderte sich Rolf.

Polina rieb sich fröstelnd die Oberarme. »Ich war auch nicht gerade glücklich über seine überstürzte Abreise«, sagte sie befangen. »Für mich fühlte es sich an, als wäre Heinz wirklich für immer spurlos verschwunden. Aus diesem Grund habe ich geschwiegen.«

Rolf kratzte sich verwirrt den Kopf. Für den Moment war seine Gewissheit, was die Identität der Leiche anging, zerstreut worden. Aber nun war dieser Augenblick verflogen und die Verzweiflung kehrte zurück.

»Also doch«, murmelte er beklommen. »Es kann nicht anders sein: Diese Knochen, sie gehören meinem Vater!«

»Bitte!«, flehte seine Mutter. »Verbiete dir diese Gedanken!«

Das Brummen mehrerer sich nähernder Fahrzeuge schallte in die Ruine, und als Ruth zum Durchbruch hinübersah, tauchten auf der Wiese ein Gerätewagen der Spurensicherung und ein Mannschaftswagen der Polizei auf.

»Ich muss Sie jetzt bitten, die Scheune zu verlassen«, richtete sie das Wort an die Anwesenden. »Meine Kollegen von der Forensik werden jetzt das Feld übernehmen.«

Offenbar froh über diese Störung, wandte sich Polina zum Gehen. Wolfgang folgte ihr auf dem Fuße. Als Rolf sich ihnen widerstrebend anschließen wollte, fasste Ruth ihn am Arm und hielt ihn zurück.

»Sie sind wahrscheinlich die einzige Person, die klären könnte, ob es sich bei diesem Skelett um die sterblichen Überreste von Martin Gerod handelt oder nicht«, sagte sie.

Rolf sah sie mit großen Augen an. »Sie glauben also auch, dass dieser Tote mein Vater ist?«

Ruth schüttelte nachsichtig den Kopf. »Machen Sie sich nicht verrückt. Halten Sie es wie ich: Warten Sie ab, bis eindeutige Indizien vorliegen.«

»Und wie sollte ich dazu beitragen, die zu bekommen?«

»Ich benötige Ihre Einwilligung, Ihre DNS mit der der Leiche abzugleichen. Sollte es keine Übereinstimmungen geben, wäre nachgewiesen, dass dieser Tote nicht Ihr leiblicher Vater ist.«

Rolf nickte tapfer. »Sie brauchen mein Blut«, stellte er fest.

Ruth lächelte erneut. »Nur ein paar Milliliter«, gab sie beruhigend zurück. »Doktor Fixlmillner, unser Gerichtsmediziner, wird Ihnen nachher eine Probe abnehmen, wenn Sie einverstanden sind.«

»Und ob ich das bin. Ich will Gewissheit haben, wessen Knochen dieses verfluchte Feuer ans Tageslicht gefördert hat!«

»Gehen Sie jetzt bitte«, forderte Ruth den jungen Mann auf. »Doktor Fixlmillner wird Sie aufsuchen, sobald er sich hier einen ersten Überblick verschafft hat.«

Rolf atmete tief durch. »Er findet mich drüben im Wohnhaus«, erläuterte er. »Jetzt, da die Gutachterin uns grünes Licht gegeben hat, werden meine Mutter und ich dort endlich wieder einziehen. Sie können sich nicht vorstellen, wie erleichtert ich bin, aus dem Haus von Herrn Berger endlich rauszukommen. Wie der ständig um meine Mutter herumscharwenzelt, ist nicht zu ertragen!«

Als Rolf kurz darauf durch den Mauerdurchbruch trat, kamen ihm einige mit Stativen und Scheinwerfern beladene Forensiker entgegen. Zusätzlich zu ihren Schutzanzügen hatten sie gelbe Bauhelme aufgesetzt, auf denen vorne ein Aufkleber der Polizei Emden prangte.

*

Ruth Fasan erteilte den Kollegen von der Forensik einige Instruktionen und bat Dr. Frank Fixlmillner dann, einen DNS-Abgleich zwischen der Leiche und Rolf Gerod durchzuführen.

Der fast zwei Meter große Rechtsmediziner nickte überlegend. Und nachdem Ruth geendet hatte, sagte er: »Gut möglich, dass die DNS des Toten stark in Mitleidenschaft gezogen wurde. Die DNS-Stränge fangen bereits kurz nach dem Tod einer Person an, sich zu zersetzen.« Mit seinem schlaksigen Arm deutete er in die Kuhle, die inzwischen vollständig von dem Licht der Scheinwerfer erhellt wurde, die rundherum aufgestellt waren. »Dem Zustand dieser Leiche nach zu urteilen, muss sie schon etliche Jahre, wenn nicht gar Jahrzehnte dort unten liegen. Das Erbgut dürfte also stark zerrüttet sein. Und dann kommt auch noch die Hitze des Feuers hinzu. Die wird die maroden Verbindungen der Moleküle noch zusätzlich geschädigt haben. Es müssen also eine Menge DNS-Fragmente geborgen und wie Puzzleteile mühsam zusammengesetzt werden, um ein Gesamtbild der Erbanlage …«

Ruth, die wusste, wie gerne Dr. Fixlmillner sich reden hörte, hob abwehrend die Hände. »Sagen Sie mir einfach, wie lange Sie für diese Untersuchung brauchen werden.«

Der Gerichtsmediziner bedachte Ruth mit einem befremdeten Blick, als verstünde er nicht, warum sie seine Ausführungen nicht zu schätzen wusste. »Mehrere Tage«, prognostizierte er dann kurz angebunden.

Ruth nahm diese Voraussage mit einem Seufzer zur Kenntnis. Rolf so lange im Ungewissen zu lassen, bedauerte sie zutiefst. »Sollte sich herausstellen, dass dieses Skelett von einer Frau stammt, können Sie sich die DNS-Analyse übrigens sparen«, fiel ihr dann noch ein, anzumerken.

»Alles klar.« Dr. Fixlmillner tippte sich mit den Fingern gegen die Stirn und schickte sich an, in seinen weißen Schutzanzug gehüllt in die Kuhle hinabzuklettern.

Ruth, die sich den Anblick ersparen wollte, wie ihre Kollegen das Skelett freilegten und von Asche und Schlacke befreiten, zog sich diskret aus der Scheune zurück.

*

Hagen Reese winkte der schwarzen Mercedeslimousine kurz hinterher, die den Pilsumer Weg Richtung Norden entlangrollte. Dann wandte er sich mit einem säuerlichen Lächeln seiner Chefin zu, die soeben um die Hausecke gekommen war. »Diese Schlitzohren«, sagte er, während Ruth auf ihn zutrat. »Sie haben mir zwar gestattet, ihre Habseligkeiten in ihre Koffer zu packen und zu ihrem Auto zu schleppen, aber einen Blick auf ihren Laptop wollten sie mir nicht gestatten. Von wegen Privatsphäre. Sie wollten nur nicht, dass ich mir ein Bild von ihren aktuellen Ermittlungen mache.«

Ruth nickte wissend. »Diese beiden sind schwer zu durchschauen.« Ausführlich berichtete sie ihrem Partner, was sich in der Ruine abgespielt hatte, nachdem er gegangen war. »Ida König ist umfassend über die Familie Gerod unterrichtet«, schloss sie. »Aber offenbar weiß sie nicht alles oder gibt zumindest vor, es nicht zu wissen.«

Hagen seufzte. »Ich bin gespannt, was Doktor Fixlmillner über den Toten herausfinden wird.« Er trat einen Schritt beiseite, um Wolfgang Berger Platz zu machen, der, mit Reisetaschen behängt, einen großen Rolli hinter sich her über das Kopfsteinpflaster zog. Rolf trottete mit missmutiger Miene hinter dem Mann her und schleppte ebenfalls schwer an einem Koffer. Die Männer verschwanden durch die Eingangstür ins Innere des Gulfhauses und ließen die Tür hinter sich sperrangelweit offen stehen.

Es war offensichtlich, dass sich Polina in den vergangenen Tagen mehrmals über das Betretungsverbot der Versicherung hinweggesetzt hatte, um für sich und ihren Sohn Kleidungsstücke aus dem Wohnhaus zu beschaffen. Dinge, die jetzt aus ihrer vorläufigen Unterkunft bei ihrem Nachbarn zurückgetragen werden mussten. Ihren Gästen gegenüber war Polina, was die Versicherungsvorgaben betraf, offenbar unnachgiebig geblieben, andernfalls hätten die Königs ihre Habseligkeiten längst aus ihrem Gästezimmer hinausgeschafft.

Hagen zog kritisch eine Augenbraue in die Stirn, was Ruth vermuten ließ, dass ihm ähnliche Gedanken durch den Kopf gingen wie ihr selbst. Da die Übertretung der Gutsbesitzerin aber eine Angelegenheit zwischen ihr und der Versicherung war, sparten sich beide einen Kommentar.

Die Hauptkommissarin ließ ihren Blick jetzt über die Fassade des Gulfhauses schweifen. Der schmuddelig weiße Anstrich sah nun noch unansehnlicher aus. Die eingetrockneten Fließspuren des Löschwassers, mit dem das Dach während des Brandes besprüht worden war, damit die Flammen nicht darauf übergreifen konnten, hatten rußschwarze Längsstreifen auf der Mauer hinterlassen. Die Scheiben der hohen bogenförmigen Sprossenfenster waren ebenfalls mit Ruß bedeckt und nahezu blind. Einige der Sprossen waren leer oder die Scheiben gesprungen.

»Da wartet eine Menge Arbeit auf die Besitzer«, sagte Ruth mitfühlend.

»Zumindest ist das Wohnhaus noch intakt«, erwiderte Hagen. »Das ist doch schon mal was. Um die Sanierungskosten wird sich die Versicherung kümmern. Und für den Verlust der Scheune wird die Familie sicherlich finanziell entschädigt werden.«

»Was das betrifft, hat Helena Dalin das letzte Wort.« Ruth deutete mit einem Kopfnicken zum Auto der Gutachterin hinüber. Helena saß, in ihre wetterfeste Kleidung gehüllt, im Schneidersitz auf der Kühlerhaube und arbeitete konzentriert an ihrem Tablet. Der Sicherheitshelm lag mit der Oberseite nach unten gekehrt neben ihr, sodass er im Wind sachte hin und her schaukelte.

Ruth trat auf die junge Frau zu und Hagen folgte ihr.

»Ihre Kollegen von der Forensik können sich mit ihrer Arbeit ruhig Zeit lassen«, sagte Helena, ohne von ihrem Tablet aufzusehen.

Obwohl sie mit der Arbeit unverdrossen fortfuhr, hatte sie die Kriminalisten dennoch wahrgenommen. »Heute werde ich keinen Fuß mehr in die Scheune setzen.« Sie bewegte unbehaglich die Schultern. »Die Erinnerung an diesen Totenschädel wird mich noch lange verfolgen. Aber morgen bin ich bestimmt in der Lage, mit dem Gutachten fortzufahren.«

»Sie sind eine aufmerksame Beobachterin«, merkte Ruth an. »Die Leute von der Freiwilligen Feuerwehr haben nichts von diesen Gebeinen bemerkt, obwohl sie die Ruine nach dem Brand gründlich inspiziert hatten.«

Helena zuckte unbeeindruckt die Achseln. »Ich bin eben gut in meinem Job.« Erst jetzt sah sie zu den vor ihr stehenden Ermittlern auf. »Allerdings benötige ich bei meiner Arbeit Ruhe. Ich kann es gar nicht leiden, wenn ich durch Gespräche abgelenkt werde.«

Ruth überhörte diese gegen sie gerichtete Spitze geflissentlich. »Haben die Königs Sie diesbezüglich ebenfalls belästigt?«, erkundigte sie sich stattdessen.

Helena fuhr fort, auf der Bildschirmtastatur ihres Tablets eine Eingabe zu machen. »Das haben sie«, bestätigte sie. »Keine Ahnung, wie sie davon erfahren haben, dass ich von der Versicherung mit diesem Gutachten betraut wurde. Aber sie wussten genau über mich Bescheid und fingen mich ab, als ich in Greetsiel eintraf.«

»Was wollte dieses Ehepaar von Ihnen wissen?«

»Sie waren sehr darum bemüht, mich über die Art der Versicherung auszuhorchen, die die Gerods für ihren Gulfhof abgeschlossen hatten.« Helena lächelte kaum merklich. »Sie haben 'ne ziemliche Show abgezogen, um mich zum Reden zu bringen. Komische Leute sind das. Dass sie Privatdetektive sind, hätte ich mir eigentlich denken können.«

»Und was haben Sie ihnen erzählt?«, wollte Hagen wissen.

Helena sah ihn an, als hielte sie ihn für einen törichten kleinen Jungen. »Nichts«, sagte sie befremdet. »Das ist ja wohl selbstverständlich.« Sie wandte sich dem Tablet zu. »Dass die Königs mit ihren Fragen zu mir gekommen sind, lässt vermuten, dass sie ihr Glück vorher bei Polina Gerod versucht hatten, von ihr aber eine Abfuhr erhalten hatten.« Helena drehte den Kopf. »Da kommt sie ja auch schon.« Helena machte ein verdrossenes Gesicht. »Heute haben es anscheinend alle darauf abgesehen, mich von der Arbeit abzuhalten.«

Polina überquerte die Straße vom Nachbarhaus her. In den Händen hielt sie eine Einkaufstüte aus dem hiesigen Supermarkt. Ein Büschel Petersilie schaute aus der einen Tüte hervor und ein Baguette aus der anderen. Polina hatte offenbar die Richtung geändert, als sie bemerkt hatte, wer sich vor dem Auto der Gutachterin versammelt hatte, und kam nun zielstrebig näher. Kurzatmig setzte sie die Einkaufstüten auf dem Boden ab und nickte grüßend in die Runde. Dann sah sie Helena fragend an. »Haben Sie der Versicherung schon Bescheid gegeben, dass kein Fremdverschulden vorliegt?«, erkundigte sie sich.

Helena drückte ihr Tablet mit den Händen gegen ihre Brust. Sie fühlte sich sichtlich unwohl. »Meine Untersuchung ist noch gar nicht abgeschlossen«, sagte sie. »Ich wurde unterbrochen. Diese Leiche …«

Polina verzog verärgert den Mund. »Wie lange wird das denn noch dauern?«

»Das kommt ganz darauf an.«

Ruth tat diese offenkundig übersensible Gutachterin ein wenig leid, und sie beschloss, ihr den Rücken freizuhalten. »Solange die Kollegen der Forensik in der Ruine zu tun haben, wird Frau Dalins Arbeit ruhen müssen«, erklärte sie. »Ich hoffe, Sie haben Verständnis dafür.«

Die Gutsbesitzerin nickte verärgert. »Für mich zählt jeder Tag«, sagte sie eindringlich. »Je früher die Versicherung die Gelder für die fälligen Sanierungsarbeiten freigibt, desto eher kann ich wieder Gäste in meinem Haus empfangen. Auf diese Einnahmen bin ich unbedingt angewiesen.«

»Ich lasse mich nicht drängen«, gab Helena reserviert zurück. »Meiner Arbeit werde ich gründlich und gewissenhaft nachkommen, unabhängig von jedwedem zeitlichen Druck seitens der Versicherungsnehmer.«

Polina wirkte plötzlich erschrocken. »Ich wollte Sie bestimmt nicht beeinflussen«, beeilte sie sich zu versichern. »Sie sollen Ihre Arbeit unvoreingenommen verrichten … daran ist auch mir gelegen.«

Helena rutschte von der Kühlerhaube herab. »Ich werde mir jetzt eine Unterkunft suchen«, verkündete sie.

»Das ist nicht nötig«, warf Polina ein. »Selbstredend können Sie in meinem Haus übernachten.« Sie lächelte verunglückt. »Meinen Gästen habe ich allen absagen und ihnen die vorausgezahlten Gelder zurückerstatten müssen. Es sind also genügend freie Gästezimmer in meinem Haus vorhanden. Allerdings sind nicht alle bewohnbar. Aber wir werden schon etwas Passendes für Sie finden.«

Helena überlegte nicht lange. »Einverstanden«, sagte sie plötzlich gutgelaunt. Dass Polinas Angebot als Einflussnahme gewertet werden könnte, kam ihr offenbar nicht in den Sinn. »Mein Spesenkonto wird diese Belastung überleben«, fügte sie dann aber an und machte damit deutlich, dass sie für die Unterkunft zu zahlen gedachte.

»Ich werde Ihnen gleich ein Zimmer herrichten«, stellte Polina in Aussicht. »Frühstück könnten Sie mit einem kleinen Aufpreis bei mir auch bekommen.«

»Das klingt gut.« Helena ging um das Auto herum, öffnete den Kofferraum und machte sich darin zu schaffen.

Bevor Polina ihre Einkäufe an sich nehmen konnte, sprach Hagen sie an. »Die Königs«, sagte er, »haben die bei Ihnen nachgefragt, wie Ihr Gulfhof versichert ist?«

Polina furchte die Stirn. »Nein. Warum sollten sie?«

»Und sonst?«, hakte Ruth nach. »Hatten Sie das Gefühl, dass die beiden über Gebühr neugierig waren?«

»Nicht mehr als andere Gäste auch«, gab Polina zurück. »Warum fragen Sie?«

»Reine Routine«, beschwichtigte Ruth. Weil die Privatdetektive sich für die Versicherung interessiert hatten, beschloss sie, sich nun ebenfalls darüber zu informieren. »Wann wurde diese Versicherung von Ihnen denn abgeschlossen?«, fragte sie.

Polina verschränkte die Arme vor der Brust und furchte nachdenklich die Stirn. »Eine Hausversicherung gibt es natürlich schon seit Generationen. Aber in der aktuellen Form wurde sie vor knapp zwanzig Jahren aufgesetzt, nachdem das Wohnhaus für Feriengäste komplett umgebaut worden war.«

»War Ihr Mann daran noch beteiligt gewesen?«, hakte Ruth nach.

Polina schnaubte verächtlich. »Martin hatte sich inmitten der Umbauarbeiten aus dem Staub gemacht.« Sie zuckte mit den Schultern. »Ihm war das wohl alles zu viel. Und da ist er einfach auf und davon.«

»Und seitdem haben Sie wirklich nichts mehr von ihm gehört?«, bohrte Ruth nach.

Die Gutsbesitzerin sah die Hauptkommissarin gefasst an. »Martin ist ein ganz anderer Typ als Heinz«, sagte sie. »Der hatte jedenfalls noch genug Anstand, sich mit einem Brief zu verabschieden. Martin hatte Derartiges anscheinend nicht für nötig befunden. Heimlich hatte er ein paar Habseligkeiten zusammengepackt und ist verschwunden.«

»Hatten Sie damals denn eine Vermisstenanzeige aufgegeben?«, erkundigte sich Hagen.

»Ja. Aber die Nachforschungen waren alle im Sande verlaufen und wurden irgendwann dann eingestellt.«

»Sie haben mit dieser Sache abgeschlossen, habe ich recht?«, fragte Ruth, und nachdem Polina knapp genickt hatte, fügte sie hinzu: »Und dennoch sind Sie fest davon überzeugt, dass Martin noch am Leben ist?«

»Das bin ich, weil ich ganz genau weiß, wie mein Mann hier oben tickt.« Polina tippte sich mit dem Zeigefinger vehement an die Stirn. »Es passt zu ihm, sich einfach aus der Affäre zu ziehen, wenn ihm eine Sache über den Kopf wächst.« Verächtlich winkte sie ab. »Ich bin auf diesem Hof aufgewachsen«, erläuterte sie. »Ich fühle mich mit dem Gulfhof und mit Greetsiel eng verbunden. Das war bei Martin nicht der Fall. Er hat in meine Familie eingeheiratet und nie ein Hehl daraus gemacht, dass er nur Verachtung für meine Eltern übrighat. Und dies, obwohl er sie nie persönlich kennengelernt hatte, denn sie waren bereits tot, als wir uns ineinander verliebten.« Sie seufzte. »Martin ist ein Schuft, und ich bin froh, dass er nicht mehr Teil meines Lebens ist.« Sie wiegte abwägend mit dem Kopf. »Naja, so ganz stimmt das nicht. Für Rolf wird sein Vater immer wichtig sein. Er leidet sehr darunter, nicht zu wissen, was aus ihm wurde. Und damit sorgt er leider dafür, dass ich immer mal wieder an Martin denken muss.«

»Dass Ihr Mann ermordet wurde, halten Sie für ausgeschlossen«, merkte Ruth noch einmal an.

Polina rieb sich fröstelnd die Oberarme. »An diese Möglichkeit mag ich gar nicht denken. Ich weigere mich, daran zu glauben, dass es Martins sterbliche Überreste sind, die Frau Dalin in der Scheune entdeckt hat.«

»Ich wäre dann so weit«, machte Helena auf sich aufmerksam. Eine Reisetasche geschultert stand sie da, einen unternehmungslustigen Ausdruck auf dem Gesicht. Als Polina sich nach den Einkaufstüten bückte, griff Helena rasch zu und nahm diese an sich. Polina lächelte ihr dankbar zu. »Entschuldigen Sie mich jetzt bitte«, sagte sie dann an die beiden Ermittler gewandt. »Ich habe mich um meinen Gast zu kümmern.«

*

Kaum waren Polina und Helena im Haus verschwunden, kam Dr. Frank Fixlmillner um die Ecke gestakst. Routiniert streifte er sich die Einmalhandschuhe von den Fingern, während er mit wehendem Schutzanzug auf die Kriminalisten zuschritt. »Es ist jetzt sicher!«, rief er ihnen ungeniert zu. »Das Skelett ist männlich!«

»Das hatte ich fast schon erwartet«, sprach Ruth leise vor sich hin.

»Der Bursche muss etwa dreißig Jahre alt gewesen sein, als er ums Leben kam, schätze ich«, fuhr Frank fort und stopfte die Handschuhe in seine Tasche. »Exaktere Werte werden Sie bekommen, sobald ich mir die Gebeine in meinem Labor genauer angesehen habe.« Er zeigte vage in die Richtung des Fundortes. »Wir haben sämtliche Knochen freigelegt und geborgen. Leider hat ein herabstürzender Balken einen Teil des Skeletts zertrümmert.« Er bewegte flink die Finger wie jemand, der es nicht erwarten konnte, etwas Begehrenswertes zu ergreifen. »Das wird ein Spaß, die Einzelteile auf dem Untersuchungstisch zu einem Ganzen zusammenzufügen«, freute er sich. »Eine gute Gelegenheit, mein Wissen über den Knochenbau des Menschen auf die Probe zu stellen.«

»Wie lange liegt der Todeszeitpunkt …«, hob Hagen zu fragen an, aber der Gerichtsmediziner ließ ihn nicht zu Wort kommen.

»Das kann ich unmöglich auf die Schnelle beantworten«, sagte er. »Wir haben es hier mit besonderen Umständen zu tun. Wie lange war der Tote Umwelteinflüssen ausgesetzt, ehe er eingegraben und mit einer Schicht Beton zugedeckt wurde? Das sind Fragen, die noch geklärt werden müssen. Ich bin jedoch zuversichtlich, dass eine Untersuchung der Knochen darüber Aufschluss geben wird. Das Körpergewebe wurde jedenfalls vollständig zersetzt, ebenso die Kleidung. An einigen Stellen ist noch ein wenig Knorpel erhalten geblieben, wie zum Beispiel am Kiefer. Der Tote muss es sehr trocken gehabt haben dort unten in seinem versiegelten Grab. Er wird da mindestens fünf Jahre gelegen haben, vermutlich aber wesentlich länger.« Dr. Fixlmillner zuckte mit den Schultern und lächelte breit. »Sie werden es in absehbarer Zeit erfahren, wenn Ihnen mein Abschlussbericht vorliegt.«

Als erinnerte er sich plötzlich, griff Frank in eine Tasche seines Schutzanzuges und holte eine Klarsichttüte für die Beweismittelsicherung hervor. Ein verformtes Projektil befand sich darin.

»Das steckte innen im Hinterhauptsbein, im Occipital«, erläuterte er und wedelte mit dem Beutel in der Luft herum. »Dort hinein hatte sich die Kugel gebohrt, nachdem sie das Stirnbein durchschlagen hatte.« Er nickte überzeugt. »Dies hat unzweifelhaft zum Tod dieses armen Burschen geführt, vorausgesetzt, dass er nicht zuvor bereits nicht mehr am Leben gewesen war.«

»Die Forensiker sollen sich dieses Projektil genauer ansehen«, bestimmte Ruth.

Der Gerichtsmediziner nickte und ließ den Beutel in seiner Tasche verschwinden. Anschließend sah er sich um. »Wo ist denn nun dieser Jungspund, dem ich Blut abnehmen soll?«

Wie auf Kommando erschien Rolf in der Türöffnung des Gulfhauses. Verdrossen schlenderte er die Stufen hinab und steuerte das Haus von Wolfgang Berger an. Er reagierte erst, als Ruth ihn beim Namen rief.

Wie aus finsteren Gedanken gerissen, hellte sich die Miene des jungen Mannes auf, als er sah, wer ihn gerufen hatte. Eiligen Schrittes strebte er auf die Kriminalisten zu. »Haben Sie herausgefunden, wer der Tote ist?«, fragte er hoffnungsvoll.

Frank bedachte ihn mit einem tröstenden Lächeln. »Sie werden sich noch ein wenig gedulden müssen.« Er gab Rolf mit einem Wink zu verstehen, ihm zu folgen. »Zuerst einmal muss ich Sie ein wenig zur Ader lassen.«

Kapitel 3

Helena Dalin hatte ausgesprochen schlecht geschlafen. Sie fühlte sich wie gerädert, als sie am frühen Morgen das Bett verließ, ein Doppelbett, dessen Kopfende direkt an die Brandmauer grenzte. Sie streifte den Jogginganzug glatt, in dem sie geschlafen hatte, und trat ans Fenster, das einen Spalt geöffnet war. Trotz der ständigen Zufuhr von Frischluft hing ein unangenehmer Geruch im Raum. Helena zog den Fensterflügel zur Gänze auf. Ein kühler Windhauch schlug ihr entgegen. Eine Weile stand sie mit vor der Brust verschränkten Armen da und beobachtete den Flug einiger Möwen. Sie musste schon genau hinsehen, um die graugesprenkelten Vögel am wolkenverhangenen Himmel auszumachen.

Die Gutachterin spürte, wie die nächtliche Beklommenheit langsam von ihr wich. Die Schatten in ihrem Kopf lichteten sich und sie konnte wieder klarer denken. Fröstelnd drehte sie sich vom Fenster weg, ließ den Blick durchs Zimmer schweifen. Es war ein heller kleiner Raum; der antike Bauernschrank und der kleine Tisch mit dem Stuhl davor standen eng beieinander. Das Doppelbett war allerdings neu, und auch das angrenzende Badezimmer war modern ausgestattet. Eigentlich eine gemütliche Stube, in der man sich wohlfühlen konnte. Doch nach Helenas Dafürhalten störte etwas den Gesamteindruck. Irgendetwas stimmte nicht mit diesem Gästezimmer, und es beängstigte sie, dass sie nicht genau bestimmen konnte, was es war. Konnte es womöglich die mattschwarze Fläche des Fernsehers sein, der über dem Tisch an der Wand hing? Irritierte sie dieser neumoderne Gegenstand, weil er den Charme des rustikalen Flairs zerstörte?

Helena schüttelte den Kopf. Sie war gefestigt genug, um sich durch derartige Unstimmigkeiten nicht aus dem inneren Gleichgewicht bringen zu lassen. Für ihr Unwohlsein musste es einen anderen Grund geben. Vielleicht die Erinnerung an den Toten drüben in der Scheune?

Bedachtsam näherte sich Helena der Brandmauer und legte die Hand darauf. Dieses Mauerwerk hatte mit verhindert, dass das Feuer von der Scheune auf das Wohnhaus übergreifen konnte. Aus diesem Grund müsste ihr diese Wand eigentlich das Gefühl von Sicherheit und Standhaftigkeit vermitteln. Dennoch kroch Helena jetzt eine Gänsehaut den Rücken hinab. Hastig zog sie die Hand von der Mauer zurück. Es würde wohl noch länger als nur eine Nacht dauern, bis sie den schrecklichen Anblick des Totenschädels verarbeitet hatte.

Verärgert, weil sie nun befürchten musste, dass ihr Urteilsvermögen getrübt war und sie ihrer Arbeit darum nicht unvoreingenommen würde nachkommen können, begab sie sich ins Badezimmer. Als sie eine Viertelstunde später, ein flauschiges Handtuch um den Leib gewickelt, ins Zimmer zurückkehrte, stieß sie einen spitzen Schrei aus. Vorwurfsvoll sah sie den jungen Mann an, der neben dem Bauernschrank stand und sie ungeniert anstarrte. »Rolf«, rief sie erzürnt. »Wie lange stehst du da schon?« Sie betrachtete ihn lauernd, sich dessen bewusst, dass die Tür zum Badezimmer die ganze Zeit über offen gestanden hatte. »Hast du mich etwa beim Duschen beobachtet?«

Rolf errötete und schüttelte vehement den Kopf. »Ich … bin eben gerade erst hereingekommen«, behauptete er stockend. Verlegen schob er eine Hand in den Nacken und lächelte ansatzweise. »Das Frühstück steht bereit. Das sollte ich Ihnen ausrichten.«

Helena stemmte die Hände in die Hüften. »Ist es bei euch üblich, unangemeldet in die Zimmer der Gäste hineinzuplatzen?«

»Nein«, versicherte Rolf. Er deutete hinter sich auf die Tür. »Ich hatte angeklopft.«

Helena war sich sicher, dass er es nicht getan hatte. Mit leichter Verwunderung musste sie aber feststellen, dass sie gar nicht so ungehalten und wütend war, wie sie es den Umständen entsprechend eigentlich sein sollte. Interessierte sie sich womöglich für diesen jungen Mann? Sie war nur ein paar Jahre älter als Rolf, rief sie sich in Erinnerung, aber er wirkte wesentlich unreifer als sie. Dennoch ging eine gewisse Anziehungskraft von ihm aus.

Und er machte keine Anstalten, sich endlich zu verdrücken.

»Hast du noch was auf dem Herzen?«, erkundigte sie sich herausfordernd.

»Werden Sie noch lange hierbleiben?«, fragte Rolf. »Ich meine … haben Sie nicht schon genug gesehen?« Mit diesen Worten deutete er auf die Brandmauer. »Sie könnten doch einfach in Ihren Bericht schreiben, dass alles okay ist. Abgesehen von diesem Skelett natürlich.«

»Willst du mich etwa zu unkorrektem Verhalten auffordern?«

Er zuckte mit den Schultern. »Meine Mutter … für sie ist das alles ein schwerer Schicksalsschlag. Sie will so schnell wie möglich mit den Instandsetzungsarbeiten beginnen. Das würde sie auf andere Gedanken bringen.«

»Auf einen Tag mehr oder weniger kommt es nun auch nicht mehr an, findest du nicht?«

»Ich finde schon«, gab Rolf trotzig zurück. »Und dann ist da auch noch diese Leiche. Wir haben momentan genug um die Ohren. Es wäre schön, wenn wenigstens eine Sache abgeschlossen wäre.«

»Auf das Gutachten werdet ihr aber trotzdem noch warten müssen.« Helena betrachtete ihr Gegenüber mit schiefgelegtem Kopf. »So lange wirst du meine Anwesenheit wohl noch ertragen müssen!«

Rolf sah sie verwirrt an. Helenas Wortwahl machte ihn stutzig, ganz wie sie erwartet hatte. »Ich habe nichts gegen Sie persönlich«, stellte er richtig. »Im Gegenteil. Dieses Skelett, das Sie entdeckt haben … gut möglich, dass es sich dabei um die sterblichen Überreste meines Vaters handelt. Es ist gut, dass es gefunden wurde.«

»Oh.« Helena blinzelte perplex. »Diese Leiche … das könnte dein Vater sein? Das wusste ich nicht.«

Rolf zuckte mit den Schultern. »Die Polizei hält sich Unbeteiligten gegenüber aus verständlichen Gründen bedeckt, und meine Mutter will auch nicht, dass ich darüber spreche.« Erneut erschien der Anflug eines Lächelns auf seinen Lippen. »Aber Ihnen kann ich es ja sagen. Sie haben meinen Vater schließlich gefunden, wofür ich Ihnen wirklich dankbar bin.« Er winkte ab. »Es laufen noch ein paar Untersuchungen, aber ich bin mir sicher, dass am Ende herauskommt, dass es mein Vater ist, den Sie gefunden haben.«

Helena war für einen Moment sprachlos. Plötzlich wusste sie, was sie an Rolf so anziehend fand. Es umgab ihn eine gewisse Schwermütigkeit, eine düstere Wolke, die über ihm schwebte und ihn in ihren Augen geheimnisvoll und interessant erscheinen ließ.

»Geh jetzt«, forderte sie ihn dennoch auf. »Ich möchte mich gerne anziehen. Oder willst du mir dabei etwa auch noch zusehen?«

»Ich habe Sie nicht …« Rolf brach ab, denn Helena begann sich langsam aus dem Handtuch zu schälen. Er starrte sie noch einen Moment an, wirbelte dann aber herum und eilte aus dem Zimmer.

Helena lächelte amüsiert. Rolf war ein niedlicher Kerl, und es machte Spaß, ihn ein wenig zu necken. Bei ihrer Arbeit würde sie sich Zeit lassen, das stand für sie schon mal fest. Sie würde keine Gelegenheit auslassen, Rolf näher zu kommen und ihn mit ihren Spielchen ein wenig einzuspinnen. Er war eine faszinierende Person und mit ihrer aktuellen Untersuchung auf geheimnisvolle Weise eng verbunden. Diese Konstellation galt es bestmöglich auszukosten.

*

Im Büro der Kommissare herrschte arbeitsame Ruhe, wie sie nur in einem Amtszimmer vorkommen konnte, in dem konzentriert und mit biederem Ernst einer Aufgabe nachgegangen wurde. Nur das Klappern der Tastaturen oder das Scharren einer Schuhsohle durchbrach ab und an die Stille. Graues Tageslicht fiel durch die kleinen Sprossenfenster des historischen Friesenhauses, dem Sitz der Greetsieler Polizeistation.

Als das Telefon auf Ruth Fasans Schreibtisch anschlug, griff die Hauptkommissarin mit routinierter Gelassenheit nach dem Apparat, ohne dabei den Blick von ihrem Computerbildschirm abzuwenden. Sie hatte die Internetseite der Privatdetektei König in Oldenburg aufgerufen und überflog gerade die Informationsseite. Sie las den Satz noch zu Ende, den sie begonnen hatte, drückte den Hörer an ihr Ohr und meldete sich mit ihrem Namen.

»Doktor Frank Fixlmillner hier«, hörte sie den Gerichtsmediziner in aufgeräumter Stimmung sagen. »Ich dachte, es würde Sie interessieren, was bei meinem Knochenpuzzle herausgekommen ist.«

Ruth verzog den Mund zu einem Lächeln. »Dass Ihre anatomischen Kenntnisse noch nicht eingerostet sind?«

»Das stand von vornherein außer Frage«, gab Frank leicht entrüstet zurück. »Nein, ich spreche von einer Besonderheit im Knochenbau des Skeletts, die es Ihnen erleichtern dürfte, den Mann zu identifizieren.«

Ruth wandte sich dem Nachbarschreibtisch zu und gab Hagen Reese, der ebenfalls an seinem PC arbeitete, mit einem Wink zu verstehen, zu ihr zu kommen. Anschließend stellte sie das Telefon auf laut, damit ihr Partner mithören konnte.

»Das Knochengerüst weist ein dreizehntes Rippenpaar auf«, schallte Fixlmillners sonore Stimme aus dem Lautsprecher. »Normalerweise hat ein Mensch, egal welchen Geschlechts, zwölf Rippenpaare, wie Ihnen bekannt sein dürfte. Bei unserem Toten aus der Gulfscheune aber ragt aus dem siebten Halswirbel ein zusätzliches rudimentäres Rippenpaar.«

»Und wie häufig tritt diese Anomalie auf?«, fragte Ruth.

»Das ist keine Abnormität«, stellte der Gerichtsmediziner richtig. »Bei dem dreizehnten Rippenpaar handelt es sich um ein Überbleibsel aus unserer Evolutionsgeschichte. Es kommt auch vor, dass sich ein solches zusätzliches Rippenpaar unter den untersten Rippen des Brustkorbs anschließt. Hier aber haben wir es mit der selteneren Variante zu tun, die sich am Halswirbel befindet.«

»Ist das nicht die Rippe, aus der Eva geschaffen wurde?«, scherzte Hagen.

»Sie bringen da gehörig was durcheinander«, ging Fixlmillner auf die Bemerkung ein. »In der biblischen Erzählung heißt es, Adam hätte eine Rippe hergegeben, damit daraus Eva erschaffen werden konnte. Hieraus ist der Mythos entstanden, dass Frauen demzufolge eine Rippe mehr hätten als Männer, was ausgemachter Unsinn ist.«

Frank atmete tief durch. »Wie gesagt, bei diesen zusätzlichen rudimentären Rippen handelt es sich um Relikte der Evolution. Bezeichnenderweise sind diese zusätzlichen Rippenpaare auch bei Schimpansen und Gorillas zu finden.«

»Und wie steht es nun mit der Häufigkeit dieses Phänomens?«, brachte Ruth ihre Frage erneut vor.

»Acht Prozent aller Menschen, ob nun Mann oder Frau, haben ein dreizehntes Rippenpaar, das sich der untersten Rippe anschließt«, dozierte Frank. »Doch weniger als ein Prozent haben dieses zusätzliche Rippenpaar am siebten Halswirbel.«

Hagen nickte gewichtig. »Das ist in der Tat ein Merkmal, das uns bei der Identifizierung der Leiche helfen könnte.«

»Das sagte ich anfangs«, bestätigte Fixlmillner. »Alles, was Sie jetzt noch zu tun brauchen, ist, zu überprüfen, ob einer der beiden als Leiche infrage kommenden Männer am Halswirbel ein überzähliges Rippenpaar gehabt hat.«

»Sehr zuvorkommend, dass Sie uns zusätzlich zu Ihren Beobachtungen während der Leichenschau auch noch einen Tipp geben, wie wir unsere Ermittlungen durchzuführen haben«, merkte Hagen spitz an.

»Nicht wahr«, erwiderte Frank gut gelaunt, wobei offenblieb, ob er die Ironie in Hagens Stimme nicht bemerkt hatte oder diese absichtlich ignorierte, um den jungen Kommissar aufzuziehen. »Ich bin immer gern zu Diensten.«

»Lassen Sie es uns wissen, sollten Sie weitere Auffälligkeiten an dem Skelett entdecken«, sagte Ruth freundlich.

»Worauf Sie sich verlassen können.« Nach diesen Worten verabschiedete sich der Gerichtsmediziner und unterbrach die Verbindung.

»Dann mal los.« Hagen kehrte an seinen Schreibtisch zurück und griff nach dem Telefon. »Sie rufen bei den Gerods an und ich setze mich mit den Eltern von Heinz Manning in Verbindung«, bestimmte er. »Mal sehen, ob einer der spurlos Verschwundenen ein dreizehntes Rippenpaar gehabt hat.«

Ruth erhob sich aus ihrem Bürosessel und schnappte sich ihren Mantel. »Diese Fragen werden wir nicht telefonisch klären, und auch nicht allein«, sagte sie. »Gut möglich, dass wir während der Befragung unser Gegenüber mit dem Tod eines Angehörigen konfrontieren müssen, wenn sich herausstellt, dass die Natur diesen mit einem dreizehnten Rippenpaar ausgestattet hat.«

Hagen fühlte sich offensichtlich ein wenig ausgebremst, aber er sah schließlich ein, dass die Vorgehensweise seiner Chefin die bessere Wahl war.

*

Helena Dalin fröstelte ein wenig, als sie die Mulde betrachtete, in der das Skelett gelegen hatte. Die Forensiker hatten das Bodenloch stark erweitert und tief ausgehoben. Etliche der herabgestürzten Balken waren beiseite geräumt worden. Der Aushub bildete eine akkurate Pyramide aus Erde, Sand und Steinen. Die Beamten hatten gründlich gearbeitet und es gab keinen Grund zu der Annahme, dass sie dabei ein Knochenfragment übersehen haben könnten.

Eigentlich war diesem Erdloch nicht mehr anzusehen, dass die sterblichen Überreste eines Menschen darin geruht hatten. Aber die Erinnerung an den grinsenden Totenschädel war noch zu frisch, sodass Helena der Eindruck beschlich, sie starre in ein geöffnetes und nun leeres Grab hinab.

Fest presste sie ihr Tablet an den Körper und drehte sich von dem Bodenloch weg. Stattdessen sah sie zum Ende der Scheune hinüber, dorthin, wo der Feuerwehr zufolge der Brand ausgebrochen war.

Behutsam stakste sie über die Trümmer hinweg, blickte dabei um sich, wie sie es immer tat, wenn sie eine Unglücksstelle inspizierte. Einmal mehr musste sie dabei feststellen, dass dieses Bauwerk unrettbar verloren war. Der originalgetreue Wiederaufbau würde Unsummen verschlingen. Der Sachbearbeiter der Versicherung würde sich die Haare raufen, sollte am Ende feststehen, dass die Versicherten vollumfänglich entschädigt werden mussten. Helenas Gutachten kam daher eine entscheidende Schlüsselrolle zu. Von ihr hing ab, welchen Verlauf dieser Schadensfall nehmen würde.

Endlich erreichte sie den rückwärtigen Teil der Scheune und blieb vor dem Trümmerberg stehen. Diesen Wust aus verkohlten Balken, eingestürztem Mauerwerk, Asche und Schlacke nach verdächtigen Spuren zu untersuchen, würde ihr einiges abverlangen. Aber ein gründliches Vorgehen war in diesem Fall dringend geboten, andernfalls würde sie ihren guten Ruf als unabhängige Gutachterin verlieren.

Helena beugte sich vor und suchte mit den Blicken konzentriert nach Auffälligkeiten. Dem Bericht der Freiwilligen Feuerwehr hatte sie entnommen, dass ein Freund der Familie Gerod hier Heu für seine Pferde eingelagert hatte. Der Mann hieß Wolfgang Berger, und er hatte versichert, die Heuballen sachgerecht aufgestapelt und für genügend Belüftung gesorgt zu haben. Unter besonders ungünstigen Verhältnissen konnte es geschehen, dass sich Stroh oder Heu selbst entzündete, wenn es darin zu gären anfing und infolgedessen Hitze entstand, die zu einem Schwelbrand führte. Helena hielt es in diesem Fall nicht für sehr wahrscheinlich, dass die Heuballen zu schwelen angefangen hatten. Starke Rauchentwicklung und unverkennbarer Geruch wären damit einhergegangen, Phänomene, die sich langsam entwickelten und in einem Ort wie Greetsiel, in dem reger Publikumsverkehr herrschte, unweigerlich aufgefallen wären. Das Feuer musste vielmehr plötzlich und unmittelbar ausgebrochen sein.

Dass das Heu der Feuersbrunst hervorragende Nahrung geboten und dafür gesorgt hatte, dass die hochschießenden Flammen den Dachstuhl erreichten, stand außer Zweifel. Nur wie dieser Brandherd entstanden war, das würde Helena erst noch herausfinden müssen.

Sie begutachtete gerade die Spuren auf dem betonierten Scheunenboden, als sie aus den Augenwinkeln eine Bewegung wahrnahm. Sie drehte den Kopf, und ihr Blick fiel durch eines der zerstörten Fenster. Eine Wiese breitete sich dahinter aus. Sie reichte bis zum Ufer des Alten Greetsieler Sieltiefs. Und dort stand Rolf. Er hielt ein blondes Mädchen in den Armen und küsste es. Jetzt stellte die Geküsste ein im Knie gebeugtes Bein nach hinten aus, eine genießerische altmodische Geste, die Helena sehr affektiert vorkam.

Der Anblick der beiden ärgerte sie maßlos. Ihre Reaktion kam ihr selbst allerdings ein bisschen übertrieben vor, aber Rolf hatte nun einmal ihr Interesse geweckt, und dieses Mädchen an seiner Seite machte es wahrscheinlich unmöglich, ihre kleinen Spielchen mit ihm zu treiben.

Helena spürte, dass sie nicht gewillt war, diesen jungen Mann innerlich freizugeben. Irgendetwas verband ihn mit ihrer aktuellen Untersuchung, und sie war fest entschlossen, herauszufinden, was es war.

Die Gutachterin hob die Hand an ihren Helm und schaltete die Stirnlampe an. Der LED-Strahler hatte eine enorme Leuchtkraft, verwandelte Dunkelheit in taghelles Licht und vertrieb die Schatten, wann auch immer diese sich manifestierten. Helena bewegte den Kopf sachte hin und her und achtete darauf, dass der Strahl das engumschlungene Paar am Ufer des Sieltiefs streifte. Obwohl es Tag war, würde den beiden das kurze Aufblitzen in ihren Augenwinkeln nicht entgehen, hoffte sie.

Tatsächlich löste sich Rolf plötzlich von der Blondine und sah zur Scheune hinüber. Helena tat, als wäre sie mit Beobachtungen beschäftigt, und schwenkte den Kopf umher. Dass Rolf sie trotz der Entfernung hinter dem Fenster bemerkte, dafür würde ihre Stirnlampe schon sorgen.

Helena lächelte siegessicher, als sie nun beobachtete, wie Rolf seine Freundin bei der Hand nahm und mit ihr auf die Scheune zustrebte.

Das Spiel konnte beginnen.

*

Die Haustür des Gerodschen Gulfhofs stand weit offen. Ruth hielt Hagen dennoch davon ab, die Schwelle zu übertreten, und drückte stattdessen den Klingelknopf. Ein durchdringendes Schellen schrillte im Haus auf.

»Ja!«, tönte Polinas Stimme aus einem Zimmer im Erdgeschoss herüber. »Kommen Sie ruhig herein. Ich bin im Speiseraum!«

Die beiden Kriminalisten folgten dem Klang der Stimme und betraten kurz darauf einen Raum, der mit mehreren Tischen und Stühlen ausgestattet war. Entlang der Wände reihten sich antike bäuerliche Möbel. Polina stand vor einem wuchtigen Schrank und kramte darin herum.

»Ah, Sie sind's«, sagte sie, nachdem sie kurz über ihre Schulter gesehen hatte. Mit einem Lappen wischte sie über die Rücken der Ordner, die in dem Schrank verwahrt wurden. Ruth meinte, das Fotoalbum auszumachen, das Rolf in der Brandnacht aus dem Gebäude geborgen hatte.

»Überall hat sich Staub und Ruß abgesetzt«, schimpfte Polina und wandte sich den Kommissaren nun gänzlich zu. Sie schwenkte mit dem Lappen zu einem der Sprossenfenster hinüber. Ein paar der Scheiben waren zu Bruch gegangen. »Der Rauch ist einmal quer durchs Haus gezogen. Es wird Wochen dauern, bis der Geruch verflogen ist.« Sie seufzte. »Was führt Sie zu mir?«, erkundigte sie sich dann.

»Wir benötigen weitere Informationen über Ihren Mann«, erklärte Ruth.

Polina zog einen Stuhl zu sich heran und setzte sich. Dabei bedeutete sie den Ermittlern, es ihr gleichzutun. »Glauben Sie noch immer, dass dieses Skelett … dass es Martin ist?«

»Um das zu klären, sind wir hier«, sagte Hagen zurückhaltend, während er gemeinsam mit Ruth an dem Tisch Platz nahm.

»Reicht es Ihnen denn nicht, was ich Ihnen über meinen Mann berichtet habe?« Polina fuchtelte genervt mit einer Hand. »Was ich Ihnen noch nicht gesagt habe, ist, dass Martin untreu gewesen ist. Und über die Geburt seines Sohnes Rolf war er auch nicht gerade begeistert.«

»Eigentlich wollten wir nur …«, setzte Hagen an, aber Ruth stieß ihn unter dem Tisch mit der Schuhspitze an und brachte ihn zum Schweigen. Mit eindringlichem Blick bedeutete sie ihrem Partner, dass es keine gute Idee war, den Redefluss eines Betroffenen während einer Befragung zu unterbrechen.

»Fahren Sie bitte fort«, versuchte er seinen Fehler daraufhin auszubügeln.

Polina zuckte unschlüssig mit den Schultern und sah sinnierend vor sich auf die Tischplatte, als müsse sie zuerst tief in ihren Erinnerungen graben, um etwas zu finden, was sie den Kommissaren über ihren Mann noch mitteilen sollte. Ihr Blick klärte sich, und entschlossen sah sie zu ihren Gästen auf. »Ich bin der festen Überzeugung, dass sich Martin mit dem Vermögen meiner Familie aus dem Staub gemacht hat.«

Ruth zog eine Augenbraue in die Stirn. »Zusätzlich zu Ihrem Mann ist Ihnen damals also auch Geld abhandengekommen?«

Polina stieß ein freudloses Lachen aus. »Und zwar eine erhebliche Summe. Martin ist ein Schuft, das sagte ich ja bereits.«

»Ihr verschwundenes Vermögen hatten Sie allerdings noch nicht erwähnt«, rief Hagen ihr in Erinnerung.

Polina begann, mit dem Lappen die Tischplatte zu polieren, obwohl diese blitzblank sauber war. »Die Sanierung und der Umbau des Gulfhauses waren kostspieliger als erwartet gewesen«, erläuterte sie. »Martin hat mir das oft vorgeworfen und verlangt, dass wir die Handwerker nach Hause schicken und das Unternehmen abbrechen. Er fürchtete, dass das gesamte Vermögen, das meine Eltern angespart hatten, verlorenging. Dieses Geld hatte uns zuvor ein sorgenfreies Leben beschert. Aber ich wollte, dass diese finanzielle Absicherung längerfristig Bestand hatte. Schließlich hatten wir ein Kind. Ich wollte Rolf mehr hinterlassen als nur einen abgewirtschafteten Gulfhof und ein leergeräumtes Konto. Aus diesem Grund sollte das Wohnhaus für Feriengäste umgebaut werden. Das hätte für ein regelmäßiges Einkommen gesorgt.« Zornig stieß sie den Lappen von sich. »Aber Martin bekam kalte Füße und machte sich mit all dem Geld auf und davon!«

»Dennoch wurde das Wohnhaus komplett umgebaut«, merkte Ruth an.

»Weil ich einen zusätzlichen Kredit aufgenommen habe.« Polina sprach nun mit erhobener Stimme. »Aus eigener Kraft habe ich es so eben gerade geschafft, einen Konkurs abzuwenden. Bis jetzt … jetzt ist eine größere Abzahlungssumme fällig. Doch die werde ich wahrscheinlich nicht aufbringen können.«

»Und die Bank lässt da nicht mit sich reden?«, wunderte sich Hagen.

Polina schnaufte abfällig. »Die Geschäftsleitung wäre froh, wenn sie sich meinen florierenden Gulfhof unter den Nagel reißen könnte. Bessere Rendite werden sie für ihre Investition nicht bekommen!«

Ruth gab sich betont neutral. »Aber nun hat es diesen Brand gegeben«, sagte sie gedehnt. »Die Versicherungssumme für die abgebrannte Scheune könnte dafür sorgen, dass Sie alle Schulden mit einem Schlag loswerden.«

Polina machte ein missmutiges Gesicht. »Das ist wahr«, sagte sie mit hohler Stimme. »Dieses Feuer … man könnte annehmen, es käme mir gelegen. Aber Sie müssen mir glauben: Es war Zufall, dass dieses Feuer ausgebrochen ist. Niemals würde ich auf den Gedanken kommen, den Gulfhof, der in meiner Familie von Generation zu Generation weitervererbt wurde, abzubrennen.«

»Das glaube ich Ihnen gerne«, erwiderte Ruth freundlich. »Außerdem ist es Sache der Gutachterin, die Wahrheit über die Brandkatastrophe herauszufinden. Wir sind aus einem anderen Grund hier.«

Polina nickte gefasst und faltete die Hände auf ihrem Schoß. »Was kann ich Ihnen sonst noch über meinen Mann erzählen?« Sie sinnierte einen Augenblick. »Seine Eltern waren früh gestorben«, sagte sie dann. »Das hatten wir beide gemeinsam. Auch meine Eltern waren früh von mir gegangen.« Sie zuckte traurig mit den Schultern. »Martin hatte ein gestörtes Verhältnis zu seinem Vater und seiner Mutter. Und er wollte es nicht gelten lassen, dass ich solche Probleme nicht hatte. Andauernd ist er über meine Eltern hergezogen. Über die Toten schlecht reden …« Sie schnaubte verächtlich. »Aber von ihrem Geld leben, damit hatte er kein Problem.«

Ruth fand, dass es nun an der Zeit war, mit dem wahren Grund ihres Besuchs herauszurücken. Fordernd stupste sie Hagens Wade mit der Schuhspitze an.

Der Kommissar verstand und setzte sich steif auf. »Wir benötigen gewisse medizinische Informationen über Ihren Mann«, erklärte er förmlich.

Polina furchte die Stirn. »Warum denn das?«

»Um Gewissheit über das Skelett in der Scheune zu erlangen«, erwiderte Ruth.

»Und was genau wollen Sie wissen?«

Hagen räusperte sich. »Hat Ihr Mann ein dreizehntes Paar Rippen?«

Polina blinzelte konsterniert. »Woher soll ich das wissen?« Erneut zuckte sie mit den Schultern. »Ich denke nicht. Jedenfalls hat er so etwas mir gegenüber nie erwähnt.«

»Das muss nichts bedeuten.« Ruth beugte sich vor, legte die Hände auf den Tisch. »Womöglich wusste er nichts von diesem Relikt.«

»Relikt?«, fragte Polina befremdet.

Ruth lächelte schulmeisterlich. »Ein Erbe unserer Urahnen.«

»Existieren von Martin womöglich irgendwelche medizinischen Unterlagen, die Aufschluss über seinen Knochenbau geben könnten?«, regte Hagen an.

Die Gutsbesitzerin horchte in sich hinein. »Aber ja!«, rief sie plötzlich und stand auf. »Martin, er hatte damals versucht, einige der anfallenden Bauarbeiten selbst durchzuführen, um Geld zu sparen.« Sie stand auf und wandte sich dem Bauernschrank zu. »Allerdings war er darin ziemlich ungeschickt.« Sie schob die Ordner hin und her. »Einmal fiel er drüben in der Scheune von der Leiter, als er Ausbesserungen im Dachstuhl vornehmen wollte. Er stürzte schwer, und es bestand Verdacht, dass er sich einige Rippen gebrochen hatte.« Sie zog einen schmalen Hefter hervor. »Hier ... das muss es sein.«

»Sie verwahren private Unterlagen an einem Ort, der für Ihre Gäste jederzeit zugänglich ist?«, wunderte sich Ruth.

»Aber ja«, sagte Polina leichthin und kehrte an den Tisch zurück. »Der Platz in diesem Haus ist begrenzt. Mein Sohn und ich bewohnen jeweils ein kleines Zimmer auf dem ausgebauten Dachboden. Dinge, die wir nicht dringend benötigen, haben wir daher ausgelagert.« Sie setzte sich und blätterte den Ordner durch. »Dieser Schrank ist natürlich für gewöhnlich abgeschlossen. Unseren Gästen bleibt der Inhalt also verwehrt.«

Ruth und Hagen sahen sich vielbedeutend an. Für sie bestand kein Zweifel, dass ein gewöhnliches Schrankschloss Bodo König kaum davon abgehalten haben dürfte, während seiner nächtlichen Wanderungen durch das Haus nachzusehen, was die Gerods in dem antiken Möbelstück aufbewahrten.

»Da ist sie«, sagte Polina plötzlich und drehte den Ordner herum, sodass Ruth und Hagen einen Blick hineinwerfen konnten. »Das ist die Röntgenaufnahme von Martins Brust.«

Oben auf der Folie mit der schattenhaften Aufnahme eines Brustkastenskeletts stand: Thoraxaufnahme, Martin Gerod.

Ruth zählte die Rippenpaare durch. Es waren zwölf. »Martin hatte bei der Hochzeit seinen Familiennamen abgelegt?«, fragte sie unverfänglich und schob der Frau den Ordner zu.

Polina nickte. »Er war ganz versessen darauf, seinen eigenen Nachnamen loszuwerden.«

Ruth erhob sich. »Haben Sie vielen Dank für Ihre Mitarbeit, Frau Gerod.«

Polina stand ebenfalls auf. »Diese Leiche ... es ist nicht mein Mann, nicht wahr?«

»Davon können wir jetzt fest ausgehen«, bestätigte Hagen und schob den Stuhl, auf dem er gesessen hatte, unter den Tisch.

»Dann wird Rolf jetzt wohl hoffentlich Ruhe geben«, sagte Polina und seufzte. Dann sah sie die Kriminalisten mit bangem Gesichtsausdruck an. »Wer ist es denn dann?«

»Das werden wir hoffentlich in Bälde herausfinden«, erwiderte Ruth zurückhaltend. Dass jetzt ein Besuch bei den Eltern von Heinz Manning anstand, wollte sie ihr nicht sagen.

*

»Fleißig bei der Arbeit, wie man sieht!«, machte Rolf mit einem Rufen auf sich aufmerksam.

Helena, die sich beschäftigt gegeben hatte, tat, als hätte sie die beiden jungen Leute erst jetzt bemerkt. »Ah, du bist es«, sagte sie, nachdem sie sich zu den Ankömmlingen umgedreht hatte, die sich über Schutt und Asche hinweg Hand in Hand näherten. Sie zauberte ein leicht anzügliches Lächeln auf ihre Lippen. »Hast du etwa Sehnsucht nach mir?«

Rolf rieb sich verlegen den Nacken und bedachte das Mädchen an seiner Seite mit einem flüchtigen Blick. »Nee. Wie kommen Sie darauf?«, gab er unbeholfen von sich.

Helena wandte sich den Trümmern zu. »Weil du mich anscheinend gerne beobachtest«, sagte sie wie beiläufig. »Wie zum Beispiel heute Morgen unter der Dusche.«

»Ich habe Sie nicht …«, hob Rolf empört an.

»Schon gut!«, ließ Helena ihn nicht zu Wort kommen. »Genier dich nicht. Und nenne mich Helena.«

Aus den Augenwinkeln beobachtete sie, wie das Mädchen ihre Hand aus Rolfs Fingern riss und ihn wütend ansah.

»Sie … Sie haben das völlig falsch verstanden«, versuchte sich Rolf aus der Affäre zu ziehen.

»Helena. Für dich heiße ich Helena.« Sie hob einen verkohlten Balken an, der ihr die Sicht auf den Teil des betonierten Scheunenbodens verstellte, der ihr besonders interessant erschien. »Du hast mir deine Freundin noch gar nicht vorgestellt«, sagte sie mit leichtem Vorwurf in der Stimme, in der sie außerdem einen Anflug von Spott mitschwingen ließ.

»Das ist Stine«, sagte Rolf und deutete ungelenk auf seine Begleiterin, die sich daraufhin einen weiteren Schritt von ihm entfernte.

»Hallo, Stine«, sagte Helena, ohne sich zu ihr umzudrehen.
»Kannst du mir vielleicht verraten, warum Rolf dich in diese Ruine
geschleppt hat?«

»Nee, das kann ich nicht!«, erhielt sie gereizt zur Antwort.

Helena drückte den Balken zur Seite und legte ihn vorsichtig ab.
Konzentriert betrachtete sie die Spuren, die der Brand auf diesem
Betonabschnitt hinterlassen hatte. Es waren verschlungene, tief
eingekerbte Linien, die Helena anfangs für Rückstände des Löschwassers gehalten hatte. Fließendes Wasser, das Rußpartikel mit sich
gerissen hatte, war verdampft und hatte diese dunklen Spuren
zurückgelassen – danach sah es dem ersten Anschein nach aus. Aber
dieser Eindruck trog.

Rolf tauchte plötzlich an Helenas Seite auf. Sie zuckte erschreckt
zusammen. Diese Rußspuren hatten ihre ganze Aufmerksamkeit
gefordert, sodass sie einen Moment nicht auf ihre Umgebung
geachtet hatte.

»Sind Sie nicht bald mit Ihrer Untersuchung fertig?«, fragte er
gereizt.

Die Gutachterin sah Rolf von der Seite an. Als sie sein verkniffenes
Gesicht bemerkte, war sie sicher, dass er nicht ihre Nähe gesucht
hatte, weil er sie heute Morgen womöglich nackt unter der Dusche
gesehen hatte. Stine schien dies allerdings anzunehmen, denn sie
stapfte zornig davon. Dessen ungeachtet blieb Rolf, wo er war. Wie
unter einem fremden Zwang stehend, der ihn an Ort und Stelle
bannte, rührte er sich nicht vom Fleck, schaute noch nicht einmal
seiner zornig davoneilenden Freundin hinterher.

Helena richtete ihr Augenmerk nochmals auf die verdächtigen
Spuren, die sich in den Boden hineingeätzt hatten. Mit der Schuhsohle scharrte sie über eines der eingetrockneten Rinnsale hinweg.
Der Ruß ließ sich nicht wegwischen. Er schien sich tief in den Beton
hineingefressen zu haben.

»Findest du, dass ich an dieser Stelle mit meinen Untersuchungen
aufhören sollte?«, fragte sie unverfänglich.

»Ja«, sagte Rolf vehement. Seine Unterlippe bebte.

Helena atmete tief durch. Sie war sich jetzt ziemlich sicher, den
wahren Grund für Rolfs Interesse an ihrer Person zu kennen. Er hatte
Angst. Und diese Angst stand im engen Zusammenhang mit ihrer

Arbeit als Gutachterin. Einmal mehr hatte sie ihre übersensible Wahrnehmung die Kausalitäten erahnen lassen. Aber diesmal empfand sie keinen Triumph, keine Genugtuung. Im Gegenteil: Rolf tat ihr leid. Und das überraschte sie nicht wenig.

Plötzlich fasste er sie hart am Oberarm und riss sie zu sich herum. »Verschwinden Sie endlich«, fauchte er mit einem Anflug von Verzweiflung in der Stimme.

Unaufgeregt machte sie sich von ihm los, sah ihm direkt in die Augen. »*Du* solltest jetzt besser verschwinden«, sagte sie kalt. Sofort bereute sie ihre harten Worte. »Mach dir keine Sorgen, hast du verstanden?«

Verwirrt blinzelte er und wich einen Schritt zurück. »Was … was meinst du?«

Dass er sie plötzlich duzte, obwohl er zuvor peinlich genau darauf geachtet hatte, es nicht zu tun, deutete an, dass sie nun endgültig zu ihm durchgedrungen war. »Ich meine es so, wie ich es gesagt habe.« Helena fuchtelte mit dem Arm, wie man es tat, um eine lästige Person zu verscheuchen. »Lauf hinter deiner Stine her. Und mach keinen Unsinn, hörst du!«

Rolf nickte abgehackt. »Okay«, sagte er gedehnt und noch immer ein wenig unsicher. »Und … was wirst du tun?«

»Was immer nötig ist, damit wir beide sauber aus dieser Sache herauskommen.«

»Ich … ich gehe«, sagte er mit plötzlicher Klarheit, als wäre er soeben aus einem üblen Tagtraum erwacht. »Und ich mache mir keine Sorgen.« Er drehte sich weg und hastete davon.

Helena sah ihm nach, beobachtete, wie seine Bewegungen immer mehr denen eines jungen Mannes glichen, der unbeschwert in den Tag hineinstolperte. Er floh. Er floh Hals über Kopf in ein Dasein, wie es hätte sein können, wenn er sich nicht dazu entschlossen hätte, die Scheune niederzubrennen.

Eine Gänsehaut legte sich über Helenas Nacken. Sie wusste nun, warum sie von Rolf so sehr fasziniert gewesen war, warum sie mit ihm ihre Spielchen hatte treiben wollen. Sie hatte geahnt, dass sein Schicksal in ihrer Hand lag. Und gleichzeitig hatte sie gewusst, dass sie nicht in der Lage sein würde, das Leben dieses eigensinnigen Mannes zu zerstören, indem sie die Wahrheit ans Tageslicht zerrte.

Helena bückte sich, fasste den verkohlten Balken und legte ihn dorthin zurück, wo er ursprünglich gelegen hatte. Nun verdeckte er erneut die in den Beton eingebrannten Fließspuren, die Rolfs in Flammen stehender Brandbeschleuniger verursacht hatte und von Jörg Hiller für die Rückstände des eingesetzten Löschwassers gehalten worden waren. Dieser Fehleinschätzung wollte sie sich in ihrem Abschlussbericht nun anschließen.

*

Die Eltern von Heinz Manning wohnten in einem kleinen Einfamilienhaus, ein an ein Monopoly-Häuschen erinnernder Bau mit ergrautem Putz und Flechten auf den Dachschindeln. Diese einfachen, leicht vernachlässigten Wohnhäuser aus der Nachkriegszeit, von denen es in jedem x-beliebigen Ort etliche gab, waren in Greetsiel ein eher seltener Anblick. Hier waren traditionelle urtümliche Friesenhäuser vorherrschend, gut gepflegt und in Schuss gehalten. Die moderneren Bauten in diesem Dorf dienten vorwiegend der Unterbringung von Feriengästen. Nichts davon traf auf das Eigenheim der Mannings zu.

Bei oberflächlicher Betrachtung konnte sich einem Besucher leicht der Eindruck aufdrängen, dass in Greetsiel vor lauter Ferienwohnungen kaum Wohnraum für die Einheimischen übriggeblieben wäre. Aber dieser Anschein trog, wie Ruth und Hagen nur zu genau wussten. Greetsiel hatte eine Einwohnerzahl von rund 1.500 Personen, beherbergte im Sommer allerdings mehr als dreimal so viele Menschen. Nichtsdestotrotz war dieser malerische Ort mit seinen friesischen Giebelhäusern weit davon entfernt, zu einem Museumsdorf zu degenerieren. Dies war nicht zuletzt dem Hafen mit seiner Flotte von Krabbenkuttern zu verdanken, die von ihren Eignern jede Saison aufs Meer hinausgefahren wurden, um dort die Netze auszuwerfen und Krabben einzuholen.

Von diesem Wirtschaftszweig profitierten die Mannings offenbar ebenfalls. Vor der rundlichen, in eine Küchenschürze gekleideten Frau, die neben dem Hauseingang auf einer Holzbank saß, stand auf einem einfachen Klapptisch eine große Schüssel voller gekochter Krabben. Die Fangsaison hatte in diesem Monat begonnen. Die rosa bis rotbraunen, kleinen gekrümmten Kreaturen in der Schüssel hatten mehrere Wintermonate Schonfrist hinter sich und verströmten nun ihren typischen aromatischen Duft.

»Moin«, grüßte die Frau und blinzelte gegen das helle Tageslicht an, als sie zu Ruth und Hagen aufblickte. »Wenn jes up mien Granaat ofsehn hebt, de sünd nich to verkopen«, sagte sie. »De sünd förn Restaurant.« Flink befreite sie eine Krabbe von ihrer Schale. Das Fleisch warf sie in eine kleinere Schüssel und die Kruste in einen Trog, der neben ihr auf dem Boden stand.

»An den Krabben sind wir nicht interessiert«, stellte Ruth klar, holte ihren Dienstausweis hervor und stellte sich und ihren Partner der Frau vor, die Ruth auf etwa Mitte siebzig schätzte.

Die Krabbenpulerin nickte wissend, ohne dabei in ihrer Arbeit innezuhalten. »De Greetsieler Polizei«, sagte sie nur.

»Sind Sie Frau Charlotte Manning?«, erkundigte sich Hagen.

Die Angesprochene nickte erneut. »Wat kann ik für Se doon?«

»Es geht um Ihren Sohn«, erklärte Ruth. »Heinz Manning.«

Charlotte hielt in ihrem Tun inne. Ihre von Schalenresten besudelten Hände schwebten reglos über dem Behälter mit den gekochten Krabben. »Heinzi?«, fragte sie zurückhaltend. »Wat sall mit hüm sien?«

»Wissen Sie, wo er sich zurzeit aufhält?«, fragte Ruth, um nicht gleich mit der Tür ins Haus zu fallen.

»Italien, sovööl ik weet.«

»Italien ist groß«, erwiderte Ruth.

Charlotte wischte die Finger an ihrer Schürze sauber. »Ik weet nich, wo meen Heinzi sitt. Ik hebb mennig Jahr niet von hüm höört.«

Ein Mann erschien in dem offenen Fenster, vor dem Charlotte saß. Sein graues Haar war schütter und das Gesicht wettergegerbt. Er trug ein Fischerhemd und ein rotes Halstuch. Die Äderchen auf seiner voluminösen Nase waren geplatzt. »Sei nich so unhöflich zu den Kommissaren«, schimpfte er. »Rede vernünftig mit denen.«

»Ik snack vernünftig«, sagte Charlotte.

»Hab ik richtig höört?«, fragte der Mann nun. »Es geht um Heinz?« Er legte eine schwielige Hand auf seine Brust. »Ik bün Gert, sien Vadder.«

»Snack vernünftig«, spottete seine Frau.

Gefasst sah der Mann die Ermittler an. »Solltn Se sich nich um de Liek im Gulfhaus kümmern?«

»Exakt das tun wir gerade«, ließ Ruth jetzt durchblicken, um die Angelegenheit ein wenig voranzutreiben.

78

Charlotte richtete sich so ungestüm auf, dass sie mit ihrem Becken fast den Klapptisch umgestoßen hätte. »Wat sall dat bedüden?« Plötzlich war sie aschfahl im Gesicht geworden.

»Beruhigen Sie sich«, bat Hagen. »Wir stellen lediglich Nachforschungen an.«

»Nachforschungen?« Charlotte fuchtelte mit den Armen, die ziemlich speckig waren. Der beachtliche Leibesumfang der Frau wurde erst jetzt vollumfänglich ersichtlich, da ihr Körper nicht mehr von dem Tisch und der darauf stehenden Schüssel verdeckt wurde. »Glöven Se, dat Skelett höört mien Heinzi?«

»Bitte beantworten Sie mir eine Frage«, sagte Ruth freundlich, aber bestimmend. »Hatte Heinz ein dreizehntes Rippenpaar?«

Charlotte stieß einen kurzen spitzen Schrei aus. Mit der flachen Hand tätschelte sie seitlich ihren Hals. »Dat het he«, krächzte sie. »Genau hier!«

»Am Hals also?«, hakte Ruth nach.

Charlotte nickte.

»Hat die Liek etwa och n zusätzliches Rippenpaar am Halswirbel?«, fragte Gert beklommen.

Charlotte ließ sich schwer auf die Bank plumpsen. »Mien Heinzi. Dat kann niet sien!«

»Gibt es noch weitere Merkmale?«, fragte Hagen. »Irgendwas, womit wir ausschließen könnten, dass … dass …« Die Stimme versagte ihm. Der Anblick des verstörten und verängstigten Ehepaars ging ihm offenkundig zu Herzen.

»Ja!«, rief Charlotte voller Hoffnung in der Stimme. »He het n vergüldtn Zahn!« Sie riss den Mund auf und langte mit dem Zeigefinger hinein, deutete auf den rechten unteren Backenzahn. »Genau da«, nuschelte sie.

Ruth drehte sich halb von der Frau weg, holte ihr Handy hervor und wählte die Nummer der gerichtsmedizinischen Abteilung der Kripo in Emden. Dr. Fixlmillner hob nach dem dritten Klingelzeichen ab.

»Das Skelett«, kam Ruth gleich zur Sache, nachdem sie ihren Namen genannt hatte, »hat es einen goldenen Backenzahn im Unterkiefer rechts?«

»Merkwürdig, dass Sie das fragen«, erwiderte Fixlmillner. »Dieser Bereich war mir nämlich bereits aufgefallen. Der Kieferknochen ist an dieser Stelle aufgebrochen. Es sieht ganz danach aus, als hätte jemand einen Zahn gewaltsam herausgerissen – und zwar kurz vor oder nach dem Tod dieses Mannes. Der Knochen an der Bruchstelle ist nicht verwachsen; zum Heilen hatte der Organismus keine Zeit mehr gehabt, weil ihn nämlich das Leben verlassen hatte.«

Ruth fluchte leise vor sich hin. »Sieht so aus, als wäre der vergoldete Zahn von dem Mörder geraubt worden.«

»Das wäre eine plausible Erklärung für diese Verletzung«, bestätigte Frank. »Ich kann Ihnen jetzt auch einen ungefähren Todeszeitpunkt nennen«, fügte er hinzu. »Meinen Untersuchungen und Berechnungen zufolge dürfte dieser Mann vor etwas mehr als zwanzig Jahren zu Tode gekommen sein.«

»Wenn das wirklich das Skelett von Heinz Manning ist, wird er seinen Eltern nach seinem Verschwinden vor vierundzwanzig Jahren also kaum vier Jahre lang Briefe aus Italien geschrieben haben.«

»Das wäre in der Tat höchst seltsam«, gab Frank trocken zurück.

Ruth bedankte sich bei dem Gerichtsmediziner für die Informationen und beendete das Gespräch. Zögernd wandte sie sich dem Ehepaar zu. Gert war aus dem Haus gekommen und hielt seine rundliche Frau in den Armen. Ängstlich und voller böser Vorahnungen sahen sie die Hauptkommissarin an, der nun die traurige Aufgabe bevorstand, ihnen mitteilen zu müssen, dass ihr verschollener Sohn aller Wahrscheinlichkeit nach vor vierundzwanzig Jahren durch einen Kopfschuss ums Leben gekommen war.

*

Helena Dalin hielt es in der heruntergebrannten Scheune nicht länger aus. Diesen Ort der Lüge, der nun auch für sie ein Ort der Unwahrheit geworden war, konnte sie nicht länger auf sich einwirken lassen. Das erste Mal in ihrer noch jungen Laufbahn als Gutachterin hatte sie sich entschlossen, keinen wahrheitsgemäßen Bericht abzuliefern. Sie würde Tatsachen unter den Tisch fallen lassen, um einem Verdächtigen eine zweite Chance zu geben, einem Mann, der für sie im Grunde nur ein Fremder war.

Und dennoch konnte sie nicht anders. Ihre Feinfühligkeit, die ihr während der Arbeit stets gute Dienste geleistet hatte, die sie Auffälligkeiten hatte erkennen lassen, die andere nicht sahen, machte ihr jetzt einen Strich durch die Rechnung.

Da Helena die Gegenwart anderer Menschen jetzt noch weniger ertragen hätte, als es zuvor schon der Fall gewesen war, suchte sie ihr Zimmer auf. Dort angekommen, lehnte sie mit dem Rücken gegen die Tür und versuchte ihren Atem zu beruhigen. Ihr Brustkorb hob und senkte sich heftig. Benommen stierte sie vor sich hin. Sollte sie diesen Schritt wirklich tun, fragte sie sich. Sollte sie das Schicksal eines jungen Menschen über die Wahrheit und die eigene Integrität stellen?

Leicht verärgert furchte sie die Stirn. Schon wieder stieg ihr dieser dumpfe, fremdartige Geruch in die Nase. Es roch ziemlich übel, und dies, obwohl das Fenster einen Spalt breit geöffnet war. Der Gestank beleidigte ihre überempfindliche Nase und machte es ihr unmöglich, sich weiterhin mit den Gedanken zu befassen, die ihr momentan so sehr auf der Seele brannten.

Sie stieß sich von der Tür ab und trat vor das Fußende des Doppelbetts hin. Sie starrte die Wand an, die Brandmauer, die das Wohnhaus von der Scheune abtrennte und vor der Feuersbrunst bewahrt hatte. War sie womöglich die Quelle des üblen Geruchs?

Einer inneren Eingebung folgend, streifte sie die Schuhe von den Füßen, stieg aufs Bett und stakste auf der weichen Matratze bis vor die Mauern hin. Erneut legte sie die Hand auf die glatte, kühle Oberfläche.

Ein Schauer kroch ihr zwischen die Schulterblätter und dann die Wirbelsäule hinab. Was stimmte mit dieser Brandmauer nicht? War es wirklich nur ihr schlechtes Gewissen, das ihr dieses Bollwerk jetzt so abstoßend erscheinen ließ, oder noch immer das Wissen, dass sie in der Scheune eine Leiche gefunden hatte?

Verwirrung und Zorn übermannten Helena. Sie ballte eine Faust und schlug wie im Affekt völlig unüberlegt gegen die Wand.

Den Schmerz spürte sie kaum, denn ihr Schlag hatte einen hohlen Laut hervorgerufen. Einer massiven Mauer aber hätte ihr Boxhieb nicht diesen Ton entlocken dürfen. Ein leises, ersticktes Klatschen, mehr sollte nicht zu hören gewesen sein.

Mit dem Fingerknöchel klopfte Helena nun die Wand ab, bewegte sich dabei auf dem Bett zuerst nach links und dann nach rechts und horchte aufmerksam. Schließlich pochte sie auch mit weit nach oben ausgestrecktem Arm gegen die Mauer und zuletzt knapp über dem Kopfende des Bettes.

Es bestand kein Zweifel: Sie war auf einen Hohlraum in der Brandmauer gestoßen. Dieser war etwa einen Meter breit und reichte von Helenas Kopfhöhe bis zum Bett hinunter. Die Gutachterin vermutete, dass sich der Hohlraum sogar bis zum Boden fortsetzte, aber um dies zu überprüfen, hätte sie das schwere, sperrige Doppelbett verschieben müssen, und das war ihr ohne fremde Hilfe nicht möglich.

»Ein Hohlraum in der Brandmauer«, murmelte sie. »Das dürfte eigentlich nicht sein.«

Tief atmete sie durch und krauste die Nase, weil sie schon wieder diesen befremdlichen Geruch wahrnahm. Sie stieg vom Bett, um das Fenster gänzlich zu öffnen. Als ihr Blick nach draußen fiel, bemerkte sie Polina Gerod, die zu ihr hochsah. Neben ihr stand Rolf, der aufgebracht auf seine Mutter einredete.

Helena schluckte trocken. Beklemmung machte sich in ihr breit. Hatten die beiden etwa gesehen, wie sie auf dem Bett stehend die Mauer abgeklopft hatte? Helena war sich nicht sicher, unmöglich erschien es ihr allerdings auch nicht. Dieser Hohlraum war ein baulicher Mangel. Als das Wohnhaus saniert worden war, um es für Gäste umzubauen, musste diese Schwachstelle bemerkt worden sein. Aber warum war die Mauer nicht ausgebessert worden? Stattdessen schien lediglich eine Verschalung aus Rigips angebracht worden zu sein.

»Und wenn schon.« Helena zog den Fensterflügel zur Gänze auf, um frische Luft ins Zimmer zu lassen. Die Scharniere quietschten hörbar.

Rolf musste das Geräusch vernommen haben, denn er sah nun ebenfalls zu Helena auf. Als er sie bemerkte, hob er kurz die Hand und winkte.

Helena erwiderte die Geste und drehte sich dann rasch vom Fenster weg, damit man sie nicht mehr sehen konnte. Ihr war unheimlich zumute. Das Gefühl, dass etwas nicht stimmte, wühlte sie innerlich so sehr auf, dass sie keinen klaren Gedanken mehr fassen konnte. Ihr Körper zitterte und bebte. Hektisch sah sie sich nach einem Gegenstand um, den sie sich zur Beruhigung an die Brust drücken konnte.

Kapitel 4

Ruth Fasan saß an ihrem Schreibtisch und betrachtete die Briefe aus Italien, die Heinz Mannings Eltern ihr zusammen mit einer Einkaufsliste überlassen hatten, die ihr Sohn kurz vor seinem Verschwinden geschrieben hatte. Diese Einkaufszettel hatte das Ehepaar mitsamt den Briefen und einigen alten Fotos in einer Zigarrenkiste aufbewahrt. Heinz' Abschiedsbrief war nicht darunter. Den hatte Polina damals offenbar vernichtet, wie Gert ihr berichtete. »Hier ... finnen Se ut, wat mit Heinz vörgahn is!« Mit diesen Worten hatte Gert ihr das Kästchen in die Hände gedrückt und sich dann mit tränenfeuchten Augen abgewandt.

Einmal mehr verglich Ruth jetzt die handgeschriebenen Buchstaben der unterschiedlichen Schriftstücke miteinander. Unschlüssig schob sie die vergilbten Zettel auf ihrem Schreibtisch hin und her.

»Auf dem ersten Blick scheinen sich diese Handschriften tatsächlich zu gleichen«, sprach sie ihre Gedanken laut aus. »Aber das kann unmöglich sein.«

Hagen blickte von seinem Schreibtisch aus kurz zu seiner Chefin herüber. »Wenn sie identisch sind, hieße das, dass wir die Merkmale des Skeletts falsch gedeutet haben und der Tote nicht Heinz Manning ist.«

Ruth schüttelte kaum merklich den Kopf, nahm eine Lupe zur Hand und studierte zum wiederholten Mal den verblichenen Poststempel auf einem der Briefumschläge. »Turin«, sagte sie. »Die Briefe wurden alle in Turin aufgegeben. In Abständen von etwa einem halben Jahr.«

»Und nach vier Jahren hatte Heinz dann wohl keine Lust mehr, seinen Eltern aus Italien eine Nachricht zukommen zu lassen«, fügte Hagen an, während er auf der Computertastatur herumtippte.

»Heinz hörte auf zu schreiben, nachdem Martin Gerod seine Familie im Stich gelassen hatte und auf Nimmerwiedersehen verschwand«, sagte Ruth. »Macht Sie das nicht stutzig?«

»Das ist zumindest bemerkenswert«, musste Hagen einräumen.

Nachdenklich lehnte sich Ruth in ihrem Bürosessel zurück. »Und dann der Inhalt dieser Briefe«, sagte sie, als spräche sie mit sich selbst. Sie nahm einen der vergilbten und mit Falzstreifen durchzogenen Bögen und las laut vor: »Liebe Mutter, lieber Vater. Mir geht es gut. Italien ist genau das Richtige für mich. Macht euch keine

Sorgen. Ich liebe euch.« Sie warf den Brief zu den anderen Schriftstücken. »Der Kanon klingt fast immer gleich. In diesen Briefen steht nichts wirklich Persönliches, keine Anekdote, was er erlebt haben könnte, nix!«

»Das scheint für Heinz' Eltern ganz normal gewesen zu sein«, sagte Hagen und beendete schwungvoll die Tastatureingabe. »Ihr Sohn war kein Mann großer Worte, haben sie gesagt. Er war wortkarg und still und extrem eigensinnig. Seine kargen Zeilen kamen ihnen vollkommen passend vor.«

Ruth seufzte. »Finden Sie nicht, dass die ostfriesische Gelassenheit in diesem Punkt ein wenig zu weit geht?« Sie deutete ratlos auf die Briefe. »Es ist nicht einmal ein Absender vermerkt.«

»Weil Heinz keinen Austausch mit seinen Eltern wünschte«, erläuterte Hagen, ließ den Satz am Ende jedoch wie eine Frage ausklingen, indem er die Stimme leicht anhob.

Die Hauptkommissarin seufzte unzufrieden.

Hagen drehte sich ihr auf seinem Sessel zu. »Sie dürfen nicht glauben, dass den Mannings ihr Sohn egal war«, sagte er bestimmt.

»Das tue ich auch gar nicht. Ich habe ihre Reaktion gesehen, als wir ihnen deutlich machten, dass die sterblichen Überreste in der Gerodschen Scheune von ihrem Sohn stammen könnten. Sie waren vollkommen aufgelöst und durcheinander.«

Hagen presste die Lippen aufeinander. »Womöglich war es ein wenig voreilig, sie so sehr in Schrecken zu versetzen. Vielleicht ist dieses Skelett gar nicht …«

»Schluss damit!«, brachte Ruth ihren Kollegen zum Schweigen. Sie zog ein Kuvert aus einer Schublade und verstaute die abgegriffenen Schriftstücke darin. »Die Kriminaltechniker in Emden sollen ein grafologisches Gutachten dieser Schreiben erstellen«, bestimmte sie. »Sie werden herausfinden, ob der Verfasser der Briefe und des Einkaufszettels zweifelsfrei ein und dieselbe Person ist.«

Hagen nickte, sichtbar erleichtert darüber, dass sie in Kürze Gewissheit haben würden. Es wurmte ihn, nicht zu wissen, ob sie das Ehepaar nicht ein wenig zu vorschnell mit ihren Mutmaßungen konfrontiert hatten. Er deutete auf seinen Monitor. »Die Forensik hat das Projektil, das im Schädel des Skeletts steckte, identifiziert«, berichtete er. »In dem Bericht heißt es, dass die verwendete Patrone vom Kaliber acht Millimeter aus Japan stammt und zur Zeit des Zweiten Weltkriegs hergestellt wurde.«

Ruth machte ein verblüfftes Gesicht. »Das ist ungewöhnlich«, merkte sie an.

»Die Experten gehen davon aus, dass das Projektil mit einer Selbstladepistole vom Modell Nambu Taisho abgefeuert wurde«, fuhr Hagen fort. »Bei dieser Waffe handelte es sich um ein Standardmodell der japanischen Streitkräfte im Zweiten Weltkrieg. Diese Pistolen waren nicht sehr zuverlässig und hatten keine allzu hohe Durchschlagskraft. Aus diesem Grund war die Kugel wohl auch im Innern des Schädels steckengeblieben. «

»Wie kommt die Kugel aus einer alten japanischen Pistole in den Kopf eines Mannes in Greetsiel?«, fragte Ruth in den Raum hinein.

»Dafür hat der Kollege aus der Forensik eine Theorie parat.« Hagen beugte sich vor und überflog die Mitteilung auf dem Bildschirm. »Hier ist die Rede davon, dass nach der Niederlage Japans und der daraus resultierenden Entwaffnung der Soldaten viele dieser Pistolen ihren Weg in die USA fanden, und zwar als Trophäen.« Hagen lehnte sich in seinem Sessel zurück. »Auf Umwegen könnte die Tatwaffe irgendwie nach Ostfriesland und in die Hand des Mörders gelangt sein.«

Ruth strich sich mit der Hand nachdenklich übers Kinn. »Wir haben es folglich mit einer außergewöhnlichen Tatwaffe zu tun. Das könnte uns am Ende die Arbeit sogar erleichtern.«

In diesem Moment wurde auf der anderen Seite der Bürotür lautstark gegen das Türblatt gehämmert.

Ruth zuckte unmerklich zusammen. »Wollen Sie unser Trommelfell zertrümmern, Alice?«, rief sie aufgebracht.

Die Tür schwang auf und die pummelige Streifenpolizistin schlüpfte verstohlen in den Raum. Sie drückte die Tür hinter sich zu und verzog dann das Gesicht. »Helena Dalin ist vor meinem Empfangstresen aufgetaucht«, zischte sie und verdrehte die Augen. »Die redet total wirres Zeug. Sie will unbedingt mit den Kommissaren sprechen.«

»Was will die Gutachterin denn von uns?«, wunderte sich Hagen.

»Was ihr Anliegen ist, konnte ich ihrem unzusammenhängenden Gestammel nicht entnehmen«, zischte Alice, als befürchtete sie, auf der anderen Seite der Tür könnte man sie hören.

Ruth hatte es bisher noch nicht erlebt, dass Alice sich in irgendeiner Weise überfordert gefühlt hätte. Aber das schien jetzt der Fall zu sein. Diese patente Frau, die mit ihrem resoluten Auftreten schnell für

Ruhe und Ordnung sorgen konnte, wirkte vollkommen entnervt. Ruth konnte sich beim besten Willen nicht vorstellen, wie ausgerechnet diese übersensible und feinfühlige Gutachterin bei der Streifenpolizistin diesen Stress ausgelöst haben könnte.

»Bitten Sie Frau Dalin doch einfach herein, Alice«, sagte sie begütigend. »Dann werden wir sicherlich erfahren, was ihr auf der Seele brennt.«

*

Helena Dalin blickte unstet um sich, während sie das Büro der Kommissare betrat. Mit gekreuzten Unterarmen drückte sie eine Handtasche, ein altmodisches Modell aus braunem, abgegriffenem Leder, vor ihre Brust.

Ruth erkannte sofort, dass die Frau total durch den Wind war. Sie stand auf, schob Helena einen Besucherstuhl zurecht und forderte sie auf, sich zu setzen.

Folgsam nahm die Gutachterin Platz, ließ die Handtasche dabei auf ihren Schoß gleiten. Noch immer wirkte sie extrem angespannt.

»Möchten Sie vielleicht einen Tee?«, erkundigte sich Ruth, um ein wenig für Entspannung zu sorgen.

»Gerne«, erwiderte Helena, worauf Ruth Alice mit einem Kopfnicken zu verstehen gab, das Gewünschte herbeizuschaffen. Dann ließ sie sich in ihrem Bürosessel nieder und rollte damit vor die Frau hin, sodass sie sich vis-à-vis gegenübersaßen.

»Was ist geschehen?«, fragte Ruth.

Helena schluckte ein paarmal, ehe sie einen Ton hervorbringen konnte. »Es ist ... ich fühle mich nicht wohl.«

»Es geht hier aber nicht um ein medizinisches Problem, oder?«, erkundigte sich Ruth.

Helena schüttelte abgehackt den Kopf. »Mein Zimmer ... es ist mein Zimmer.«

Hagen bewegte sich unruhig in seinem Sessel, sagte aber nichts.

»Sie sprechen von Ihrem Gästezimmer im Gulfhaus?«, blieb Ruth geduldig bei der Sache.

»Da ... da ist ein Hohlraum in der Brandmauer. Und es riecht.«

»Ein Hohlraum? Das ist ungewöhnlich.«

Erneut nickte Helena. »Ein Sicherheitsrisiko, es hätte längst behoben werden müssen.«

»Die Brandmauer scheint ihre Aufgabe aber dennoch erfüllt zu haben«, wandte Ruth ein.

Nochmals folgte ein hektisches Nicken. »Das war reine Glückssache.«

»Und der Geruch, von dem Sie sprachen?«, brachte sich Hagen ein.

»Was meinen Sie damit?«

Helena sah zu dem Kommissar hinüber. »Es stinkt.« Sie zeigte fahrig auf ihre Nase. »Mein Riechorgan ist sensibel. So sollte es in einem Zimmer nicht stinken.«

»Der Geruch nach Verbranntem ist auf dem gesamten Gulfhof noch überall gegenwärtig«, sagte Hagen. »Auch im Wohnhaus.«

»Aber nicht so.« Helena nahm den dampfenden Teebecher, den Alice ihr reichte, mit beiden Händen entgegen. Ihre Finger zitterten. Sie winkelte die Arme an und hielt den Becher vor ihre Lippen, wie ein Eichhörnchen, das an einer Haselnuss zu knabbern gedachte. Aber sie trank nicht, sondern ließ den Dampf des Schwarztees mit sichtlichem Behagen über ihre Gesichtshaut streichen.

Die beiden Kommissare tauschten einen beredten Blick.

»Wie sind Sie mit Ihrem Gutachten vorangekommen?«, schnitt Ruth nun ein anderes Thema an, in der Hoffnung, dass die junge Frau dadurch ihre Fassung wiederfand.

Damit erreichte sie allerdings das genaue Gegenteil. Helena bewegte den Becher so ungestüm von ihrem Gesicht weg, dass Tee über den Rand schwappte und auf ihre Hose kleckerte.

Alice nahm der Gutachterin den Becher rasch aus den Händen, da diese auf ihrem Stuhl nun unruhig hin und her ruckte, weil die Hitze des verschütteten Tees durch den Stoff drang und ihre Oberschenkel verbrühte. Alice eilte in die Küche und kehrte kurz darauf mit einem Geschirrhandtuch zurück, das sie Helena zuwarf. Die Gutachterin schnappte danach und rieb sich die Beine ab.

»Die Expertise … ich bin fertig damit«, haspelte sie.

Ruth nickte gewichtig. »Und? Zu welchem Ergebnis sind Sie gekommen?«

Helena starrte sie entgeistert an. »Was meinen Sie?«

Ruth versuchte sich nicht anmerken zu lassen, wie viel Geduld ihr die Befragte abverlangte. »Was war die Brandursache?«, fragte sie beherrscht.

Helena gab Alice das Handtuch zurück, packte ihre Handtasche und klammerte sich daran fest. »Nichts Auffälliges«, sagte sie dann. »Ein ganz gewöhnliches Unglück.«

»Nun, ein Unglück ist nie gewöhnlich«, merkte Ruth an. »Brandstiftung haben Sie also ausschließen können?«

Helena nickte eifrig, ging aber nicht weiter auf die Frage ein.

Ruth furchte die Stirn, denn sie musste an Bodo König und seine Fragen denken, mit denen er hatte durchblicken lassen, dass er es für möglich hielt, dass in der Gulfscheune absichtlich Feuer gelegt worden war. Diese Vermutung hatte sich nun aber offensichtlich als haltlos erwiesen.

»Es geht um mein Zimmer«, sagte Helena nun mit Nachdruck. »Da ist dieser Hohlraum und es riecht. Das ist seltsam.«

»Das müssen Sie Frau Gerod sagen und nicht uns«, erklärte Hagen, ohne dabei allzu unhöflich zu wirken. »Das fällt nicht in unsere Zuständigkeit.«

»Polina und ihr Sohn. Sie haben mich beobachtet und sich gestritten«, sagte Helena übergangslos. »Vorhin habe ich sie von meinem Zimmer aus unten auf der Wiese gesehen. Es war beängstigend.«

»Wahrscheinlich drehte sich ihr Gespräch gar nicht um Sie«, gab Ruth zu bedenken. »Mein Partner und ich hatten Frau Gerod vorhin mitgeteilt, dass das Skelett, das Sie entdeckt haben, nicht von Martin, ihrem Mann, stammt.«

Helena sah die Hauptkommissarin verblüfft an. »Es sind nicht die sterblichen Überreste von Rolfs Vater?«

»Das können wir mit ziemlicher Sicherheit ausschließen«, bestätigte Hagen.

»Wer ist es denn dann?«

»Darüber können wir zurzeit keine Auskunft geben«, erwiderte Ruth freundlich. »Aber ich schätze, dass Rolf ziemlich verwirrt war, als seine Mutter ihm von unseren Erkenntnissen erzählte. Er hatte sich darauf versteift, dass es sein Vater war, der im Scheunenboden einbetoniert wurde. Dass er damit falschlag, muss ihn emotional ziemlich beschäftigt haben.«

Helena nickte mitfühlend. »Dann … dann habe ich das also alles falsch interpretiert«, sagte sie. »Es ging gar nicht um mich.« Sie sah sich verlegen um. »Ich denke, ich sollte jetzt besser gehen.«

»Sie sollten in Ihrem Zustand heute auf keinen Fall mit Ihrem Auto irgendwohin fahren«, mahnte Alice eindringlich.

Helena machte ein unwilliges Gesicht, nickte dann aber gefasst.

»Gehen Sie runter zum Hafen«, riet die Streifenpolizistin. »Die Krabbenkutter und das ganze Rumoren der Fischer wird Sie beruhigen.«

»Menschenansammlungen machen mich nervös«, gestand Helena kleinlaut.

»Dann schlendern Sie ein bisschen in Greetsiel umher«, erwiderte Alice. »Oder marschieren Sie den Deich entlang bis zur Leysiel-Schleuse. Da ist immer wenig los. Und die frische Luft wird Ihnen auch guttun.«

Helena stand auf, lächelte unsicher. »Ich vertrete mir dann jetzt ein wenig die Beine«, verkündete sie. »Und … entschuldigen Sie bitte meinen Auftritt.«

Hagen winkte ab. »Alles gut«, sagte er. »Und machen Sie sich keine Sorgen wegen des Zustandes Ihres Gästezimmers.«

Helena nickte zerstreut und wandte sich zum Gehen. Alice geleitete sie aus dem Büro und zog die Tür hinter sich ins Schloss.

Hagen blies die Wangen auf und ließ hörbar Luft entweichen. »Was für eine konfuse Person«, kommentierte er.

»Sie ist übersensibel.« Ruth rollte mit ihrem Sessel vor ihren Schreibtisch. »Das ist eine Stärke, kann sich manchmal aber auch ins Gegenteil kehren. Ich habe in Hamburg hin und wieder mit solchen Menschen zu tun gehabt. Sie während der Befragungen mit Samthandschuhen anzufassen, reicht oft nicht aus.« Sie nahm das Kuvert zur Hand. »Jetzt werden wir aber erstmal dafür sorgen, dass diese Schriftstücke grafologisch untersucht werden.«

Kapitel 5

»Wo willst du mit mir überhaupt hin?«, fragte Felix Seitz die attraktive, reife Frau an seiner Seite, mit deren dunklem, lockigem Haar der über den Störtebekerkanal wehende Wind heftig spielte. Der Kapitän der Wasserschutzpolizei und die Hauptkommissarin schlenderten in der Abenddämmerung einen Pfad in nordöstliche Richtung entlang. Schnurgerade folgte er dem Ufer des Kanals. Einige Meter voraus beschrieb der künstliche Wasserarm einen fast rechtwinkligen Schwenk nach Nordwest und verbreiterte sich dabei so sehr, dass sogar eine Insel in der Ausdehnung Platz fand.

»Ich will hier jemanden treffen«, rückte Ruth jetzt endlich mit der Sprache heraus.

Felix betrachtete ihr Profil. »Und warum sagst du mir das erst jetzt?«

»Weil ich wollte, dass du mich begleitest.«

»Und das hätte ich womöglich nicht getan?«

Ruth warf ihm einen reuigen Blick zu. »Es ist was Berufliches.«

Felix lachte unbeschwert und legte einen Arm um Ruths Schultern. »Wir haben auf beruflicher Ebene schon mehrmals hervorragend zusammengearbeitet. Warum also nicht auch jetzt?«

»Ich hatte befürchtet, dass du genervt bist, wenn ich dir sage, dass ich diesen Spaziergang aus beruflichen Gründen unternehmen möchte.«

»Ich bin Ostfriese«, sagte Felix leichthin. »Mich nervt nix so schnell. Und du schon gar nicht.« Von oben herab musterte er sie. »Warum hast du Hagen nicht aufgefordert, mitzukommen?«

»Der kann mit dem Mann nicht so gut, den ich treffen werde.«

Felix nickte verstehend. »Es geht hier also um den pensionierten Hauptkommissar Peer Wieler, deinen Vorgänger bei der Polizei Greetsiel.«

Ruth lächelte ansatzweise. »Hagen ist zwar ebenfalls Ostfriese, mit Peer Wieler kommt er trotzdem nicht zurecht.«

»Wenn zwei Sturköpfe aufeinandertreffen«, sagte Felix bloß, als würden diese Worte alles erklären.

»Da ist er auch schon.« Ruth deutete zu einem Fähranleger hinüber, eine simple, ins Wasser führende Rampe. Bei dem daran festgemachten Wasserfahrzeug handelte es sich um eine motorisierte Plattform, auf der höchstens zwei Autos Platz fanden. Momentan war sie außer Betrieb und diente einem alten Mann als Angelplatz.

Peer Wieler saß auf einem Klappstuhl und hielt die du mit beiden Händen umklammert. Mit stoischer Ruhe sah er auf das dunkle Wasser des Störtebekerkanals hinaus und ließ nicht erkennen, ob er das Pärchen bemerkt hatte, das sich ihm näherte. Neben seinen Füßen standen ein roter Plastikeimer und eine Werkzeugkiste, in der er die Utensilien verwahrte, die er zum Angeln benötigte.

Als Ruth und Felix die Fähre betraten, schwankte diese kaum merklich, aber der pensionierte Kommissar tat, als würde er nichts merken.

»Weiß er, dass er Besuch bekommt?«, raunte Felix Ruth zu.

»Ich habe ihn über Handy kontaktiert«, konnte sie ihn beruhigen.

»Moin«, sagte Wieler, als die beiden schließlich neben ihn traten.

»Moin«, erwiderten sie wie aus einem Munde.

»Sie benötigen mal wieder meinen Rat?«, erkundigte sich der alte Mann und hob die Angelrute kurz an, sodass die Pose im Wasser auf und ab wippte.

»Informationen«, erwiderte Ruth. »Aus Ihrer Zeit bei der Greetsieler Polizei.«

Der Pensionär seufzte. »Wollen Sie mir etwa schon wieder Vorhaltungen machen, weil ich die Digitalisierung der Polizeiakten damals nicht vorangetrieben habe?«

Ruth ließ sich nicht reizen. »Es geht um Martin Gerod.«

»Das hatte ich mir fast schon gedacht.« Peer lehnte die Angel an die Reling der Fähre und drehte sich seinen Besuchern zu. »Sind es seine Knochen, die in der abgebrannten Scheune gefunden wurden?«

»Nein«, sagte Ruth. »Erinnern Sie sich noch daran, dass Polina, seine Frau, eine Vermisstenanzeige aufgegeben hatte?«

Peer nickte gewichtig. »Das muss etwa zwanzig Jahre zurückliegen.«

»Was wurde damals unternommen, um Martin aufzuspüren?«

»Nicht viel«, gab Peer knapp zurück.

Ruth furchte die Stirn. »Und warum nicht, wenn ich fragen darf?«

Der alte Mann verzog die Lippen zu einem Lächeln. »Warum sollte jemand einen Mann finden wollen, von dem man gar nicht so genau wissen will, was aus ihm geworden ist?«

»Hat Polina das so gesehen?«

Peer nickte bedächtig. »Sie kam zu mir, weil sie sich verpflichtet fühlte, das Verschwinden Ihres Mannes zu melden. Aber sie war nicht erpicht darauf, dass er zu ihr zurückkehrte.«

»Und das haben Sie gelten lassen?«, wunderte sich Felix.

Peer zuckte mit den Schultern. »Ich wusste, was Martin für einer war und warum Polina sich nicht unbedingt nach ihm sehnte.«

»Klären Sie mich auf«, forderte Ruth, da ihr Gesprächspartner die Angel nun an sich nahm und keine Anstalten machte, weiterzusprechen.

»Martin Gerod war ein gewalttätiger Mann«, sagte Peer widerwillig und holte die Schnur ein. Er sprach jetzt lauter, um sich gegen das Surren der Spule zu behaupten. »Gegen Martin Gerod lagen mehrere Anzeigen wegen Körperverletzung vor. Drei Personen erwirkten eine Kontaktsperre.«

»War er seiner Frau gegenüber ebenfalls handgreiflich geworden?«, wollte Ruth wissen.

»Davon gehe ich aus.« Peer schleuderte den Köder samt Pose hinaus auf den Kanal. Mit einem vernehmlichen Plumps versank der am Haken zappelnde Köderfisch im Wasser, die Pose richtete sich auf. »Polina hat sich nicht getraut, Anzeige gegen ihren Mann zu erstatten«, fuhr er fort. »Die Blessuren in ihrem Gesicht haben aber eine deutliche Sprache gesprochen. Martin hatte sie wiederholt misshandelt.«

»Waren Sie nicht trotzdem verpflichtet, das Verschwinden dieses Mannes aufzuklären?«, brachte sich Felix erneut ein.

»Ich habe ein bisschen herumgefragt«, bekam er zur Antwort. »Nach meinem Dafürhalten sah es entschieden so aus, als hätte Martin sich aus dem Staub gemacht. Und das glaube ich bis heute.« Er lehnte die Angel an die Reling. »Diese Überlegungen beruhen nicht zuletzt auf der Tatsache, dass die Ersparnisse der Familie sich verflüchtigt haben; zusammen mit Polinas Ehemann.« Er setzte sich bequem zurecht. »Und da die sterblichen Überreste in der Gulf-scheune nicht von Martin stammen, kann ich mit Fug und Recht davon ausgehen, dass ich damals genau richtig lag.«

»Ein feiner Kerl muss dieser Martin gewesen sein«, kommentierte Felix mit einer Spur Missbilligung in der Stimme.

Peer Wieler gab ein abfälliges Schnaufen von sich. »Einige Wochen vor seinem Verschwinden hob er eine hohe Summe von dem gemein-samen Konto ab. Und damit machte er sich dann auf und davon.«

Ruth horchte auf. »Eine hohe Summe?«, hakte sie nach. »Frau Gerod sprach von dem gesamten Vermögen der Familie.«

Peer nickte bedächtig. »Das ist der springende Punkt«, sagte er.

Ruth verschränkte die Arme vor der Brust. »Das müssen Sie mir genauer erklären.«

Der pensionierte Kommissar schien sich plötzlich ein wenig unbehaglich zu fühlen, denn er rutschte auf seinem Klappstuhl hin und her. »Einige Wochen nach Martins Verschwinden überwies Polina den Rest ihres Vermögens an eine karibische Bank.«

»Warum das?«, fragte Ruth verwundert.

Peer zuckte mit den Schultern. »Ich fand das während meiner Ermittlungen heraus, die ich aufgrund der Vermisstenanzeige anstellte«, berichtete er. »Als ich Polina fragte, was es mit diesem Geldtransfer auf sich hat, bat sie mich inständig, meine Nachforschungen einzustellen.«

»Und das haben Sie dann auch getan?«, fragte Felix befremdet.

Peer bedachte den Kapitän der Wasserschutzpolizei mit einem mürrischen Blick. »Es war doch offensichtlich, was da vor sich ging«, sagte er. »Martin hat sich in die Karibik abgesetzt und Polina unter Druck gesetzt, ihm auch den Rest des Vermögens noch zu überlassen.«

»Warum hätte sie das tun sollen?«, erkundigte sich Ruth.

»Was denken Sie denn? Sie wollte, dass Martin blieb, wo er war, und nie wieder zu ihr und ihrem Sohn zurückkehrte. Darum.« Mürrisch wandte er sich dem Wasser zu. »Sie zog die Vermisstenanzeige dann auch zurück. Das war für mich der endgültige Beweis, dass Martin sich irgendwo in der Karibik auf Polinas Kosten ein gutes Leben machte.«

»Sie haben Nerven«, sagte Ruth unzufrieden.

Die Pose auf dem dunklen Wasser begann plötzlich heftig zu wippen. Peer stieß einen triumphierenden Laut aus, packte die Angelrute und riss sie heftig empor. Ruckhaft zerrte er an der Angel, während er die Schnur einholte. Das Wasser schäumte und spritzte. Der Fisch kämpfte heftig, aber gegen den erfahrenen Angler hatte er keine Chance. Als Peer seinen Fang schließlich aus dem Kanal zog, war der Fisch schon ziemlich entkräftet. Ein unterarmlanger silbriger Körper zappelte am Haken, schwang den schlanken Leib unter Zuckungen hin und her. Die Rückenflosse war ausgeprägt und mit Stacheln bewehrt.

»Ein Zander«, freute sich Wieler.

Felix ging dem pensionierten Kommissar zur Hand, damit dieser den zappeligen Fisch vom Haken lösen konnte. Stolz hielt Peer den Fang mit beiden Händen empor. »Der Zander zählt zu den Raubfischen«, erklärte er an Ruth gewandt. »Ein hervorragender Speisefisch. Am besten ist er am Abend, in der Dämmerung und bei trübem Wasser zu fangen, denn er sieht ziemlich gut und erkennt einen Köder bei klarer Sicht.«

Anstatt den Zander in den mit Wasser gefüllten Eimer zu setzen, trat Peer an die Reling heran und warf ihn zurück in den Störtebekerkanal. Der silbrige Leib glitt mit schlängelnden Bewegungen rasch in die Tiefe und verschwand.

Verwundert über das Verhalten des Mannes hob Ruth eine Augenbraue.

»Manchmal ist es besser, einen Fang nicht zu machen«, sagte Peer Wieler daraufhin und nickte gewichtig. »Manchmal ist es angebracht, den Dingen ihren Lauf zu lassen und nicht einzugreifen.«

»Wollen Sie mir mit dieser Demonstration etwa Ihr damaliges Verhalten verdeutlichen?«, fragte Ruth leicht befremdet.

»Was wäre gewonnen gewesen, wenn ich diese Sache damals verfolgt hätte?«, stellte der alte Mann eine Gegenfrage. »Am Ende wäre Martin womöglich nach Greetsiel zurückgekommen. Er hätte seine Frau weiterhin gequält, wäre den Menschen hier auf den Geist gegangen, hätte Schlägereien angefangen und Unfrieden gestiftet.« Enerviert schüttelte er den Kopf. »Martin war dort besser aufgehoben, wo er war, irgendwo auf einer karibischen Insel.« Er setzte sich und säuberte den Haken mit einem Lappen. »Außerdem ist Polina eine erwachsene Frau, die selbst entscheiden kann, was sie mit ihrem Vermögen anstellt.«

Ruth baute sich vor Wieler auf, damit er sie ansehen musste. »Die sterblichen Überreste, die in der Gerodschen Scheune gefunden wurden, sie stammen aller Wahrscheinlichkeit nach von Heinz Manning«, sagte sie. »Er starb durch einen Kopfschuss.«

Peer erstarrte und blickte dann zu Ruth auf. Aber er sagte keinen Ton.

»Heinz Manning wurde vier Jahre vor Martin Gerods Verschwinden umgebracht«, setzte Ruth nach.

»Sie glauben, Martin könnte sich aus dem Staub gemacht haben, weil er Jahre zuvor den Hausmeister umgebracht hat?«

»Kennen Sie jemand, der vor vierundzwanzig Jahren eine Selbst-ladepistole vom Typ Nambu Taisho besessen hat?«, stellte Ruth eine Gegenfrage.

Peer furchte die Stirn und spießte einen kleinen Köderfisch auf den Haken. »Nein«, sagte er schließlich. »Ich würde mich daran erinnern, wenn jemand in dieser Gegend eine japanische Pistole registriert hätte.«

»Und unregistriert?«, hakte Felix nach.

»Davon weiß ich nichts.« Peer hob die Angel. »Was für einen Grund sollte Martin Gerod denn gehabt haben, erst vier Jahre nach dem Mord an Heinz Manning das Weite zu suchen?«, fragte er.

Ruth trat beiseite. »Ich weiß es nicht«, musste sie zugeben. »Der Fund dieser Leiche lässt Martins Verschwinden im Nachhinein aber zweifelsfrei verdächtig erscheinen.«

»Da stimme ich Ihnen zu.« Peer holte aus und warf die Angel aus. »Warum hätte Martin Gerod Heinz Manning denn töten sollen?«

»Über das eventuelle Mordmotiv bin ich mir auch noch im Unklaren.«

Peer lächelte begütigend. »Ich bin überzeugt, dass Sie die Wahrheit irgendwann herausfinden werden, wehrte Kollegin.«

Missmutig vergrub Ruth die Hände in den Hosentaschen. In diesem Mordfall waren noch so viele Fragen ungeklärt, und das stimmte sie mehr als unzufrieden.

»Sie sind übrigens nicht die Erste, die mir Fragen zum Vermögen der Gerods stellt«, ließ Peer sich plötzlich vernehmen. »Erst kürzlich erhielt ich Besuch von einer anderen Dame, die sich erkundigte, ob ich wüsste, wo das Geld der Gerods abgeblieben ist.«

Ruth horchte auf. »Diese Dame, sie hieß nicht zufällig Ida König?«

Peer machte es sich auf dem Stuhl gemütlich. »Sie haben bereits ihre Bekanntschaft gemacht, wie mir scheint.«

»Was genau wollte sie wissen?«

»Das erwähnte ich bereits: Es ging um das Vermögen der Gerods.«

»Und was haben Sie ihr gesagt?«

»Ich habe zuerst wissen wollen, in wessen Auftrag die Dame mir diese Frage stellt. Offenkundig handelte es sich bei ihr um eine Privatdetektivin. Aber sie wollte mir nicht verraten, wer ihr Klient ist. Also hat sie von mir ebenfalls keine Informationen erhalten.«

Ruth sah nachdenklich vor sich hin. »Interessant«, murmelte sie.

»Ich hätte jetzt gerne meine Ruhe«, merkte der pensionierte Kommissar an. »Ich habe es nämlich nicht so gerne, meinen Fang für Demonstrationszwecke zu opfern. Wenn Sie länger blieben, bestünde Gefahr, dass ich es ein weiteres Mal tun müsste.«

Felix nahm Ruth bei der Hand und sah sie mit einem aufmunternden Lächeln an, das besagte, dass ihm nicht der Sinn danach stand, den Rentner länger zu behelligen.

Ruth atmete einmal tief durch und verabschiedete sich dann von dem alten Mann. Dieser sagte keinen Ton und schaute sich auch nicht zu den Fortgehenden um. Selbstvergessen saß er da und schien mit sich und der Welt im Einklang.

»Und nun?«, fragte Felix unternehmungslustig, während sie die Rampe emporschritten. »Wonach steht dir jetzt der Sinn?«

Ruth zuckte unschlüssig mit den Schultern. »Hast du eine Idee?«, fragte sie.

»Klar«, gab Felix gut gelaunt zurück, umschlang ihre Hüfte und zog sie an sich.

Kapitel 6

Am Morgen des darauffolgenden Tages ließ sich Ruth voller Wohlbehagen warmes Duschwasser über den Körper rieseln. Felix hatte es geschafft, sie für den Rest des vergangenen Abends die Polizeiarbeit vergessen zu lassen. Er war ziemlich gut darin, ihren Fokus ganz auf ihre Zweisamkeit zu lenken. Eine Gabe, die vor ihm kein anderer Mann so gut beherrscht hatte.

Schwärmerisch gab sich Ruth den Erinnerungen an die Nacht hin, und als die Badezimmertür plötzlich geöffnet wurde, drehte sie sich angenehm überrascht um. Felix, völlig unbekleidet, kam auf die Duschkabine zu, und Ruth überlegte, ob sie es zulassen wollte, dass er zu ihr unter den warmen Regen schlüpfte.

»Telefon für dich«, drang seine Stimme durch das Rauschen des Wassers an ihr Ohr.

Ernüchtert furchte sie die Stirn.

»Es scheint dringend«, erklärte Felix. »Alice Bergmann.«

Ruth stellte das Wasser ab, zog die Glastür beiseite, trocknete sich rasch die Hände ab und nahm von Felix das Telefon entgegen. »Ja, was gibt es denn?«, fragte sie ein wenig ungehalten.

»Ihnen auch einen guten Morgen«, erwiderte Alice Bergmann nüchtern, um dann im selben Tonfall fortzufahren: »Auf dem Gerodschen Gulfhof hat es einen Vorfall gegeben.« Die Streifenpolizistin senkte die Stimme ein wenig. »Helena Dalin … sieht so aus, als hätte sie Selbstmord begangen.«

»Wie bitte?«, rief Ruth entgeistert. Von einem auf den anderen Moment waren alle amourösen Anwandlungen wie weggeblasen.

»Die Gutachterin hat sich mit einem Kabel an einem Balken aufgeknüpft«, berichtete Alice. »Genau dort, wo sie das Skelett entdeckt hatte.«

»Verdammt!« Ruth nahm von Felix ein Handtuch entgegen.

»Ich bin bereits vor Ort«, erläuterte Alice. »Die Frau muss dort schon länger hängen. Der Leichnam ist kalt und steif.«

»Fassen Sie nichts an und sichern Sie den Fundort ab«, befahl Ruth. »Ich verständige die Kollegen der Spurensicherung.«

»Denken Sie, es war Mord?«, fragte Alice.

»Ich will genau wissen, was vorgefallen ist«, erläuterte Ruth. »Dann erst fange ich an zu denken.« Mit diesen Worten unterbrach sie die Verbindung. Anschließend wählte sie die Nummer von Hagen Reese, um ihn über das Vorkommnis ins Bild zu setzen.

Als sie kurz darauf das Schlafzimmer betrat, stellte sie verblüfft fest, dass Felix inzwischen ihre Kleidungsstücke auf dem Bett zurechtgelegt hatte. Und in der Küche gurgelte die Kaffeemaschine vor sich hin und verströmte einen belebenden aromatischen Duft.

*

Als Ruth Fasan den Gerodschen Gulfhof erreichte, waren die Kollegen von der Spurensicherung noch nicht aus Emden eingetroffen. Alice hatte sich mit vor der Brust verschränkten Armen vor dem Mauerdurchbruch der Scheune aufgebaut und starrte grimmig vor sich hin.

»Hagen ist schon drinnen«, sagte sie, während Ruth auf sie zuschritt.

»Wer hat Helena Dalin gefunden?«, erkundigte sich die Hauptkommissarin.

»Rolf Gerod«, antwortete Alice. »Er war es auch, der den Notruf gewählt hat. Ich habe ihn zu seiner Mutter ins Wohnhaus geschickt.«

Ruth nickte belobend, schob sich an der Streifenpolizistin vorbei und betrat die Ruine.

Hagen stand mehrere Schritte vor der Erhängten und besah sich alles ganz genau. Helena trug ein Nachthemd, unten schauten die nackten Füße hervor. Sie baumelten etwa eine Armlänge über dem mit Schutt bedeckten Boden in unmittelbarer Nähe des Erdlochs, in dem das Skelett gelegen hatte. Ihr Kopf war in einem unnatürlichen Winkel zur Seite geneigt. Das Kabel schnürte tief in ihren Hals. Es war oben um einen verkohlten Balkenstumpf geschlungen. Eine umgestürzte Aluminiumleiter lag auf dem Aushub aus Erde, Sand und Steinen.

»Sie ist auf die Leiter gestiegen, um das Kabel oben am Balken festzumachen«, teilte Hagen seiner Chefin seine Schlussfolgerungen mit. »Dann hat sie die Leiter von sich weggestoßen … und … und.« Er deutete vage auf die Tote. »Der Ruck hat ihr glatt das Genick gebrochen.« Er sah seine Chefin betreten an. »Wir hätten einfühlsamer mit ihr umgehen sollen, als sie zu uns auf die Wache kam.«

Ruth stellte sich neben ihren Partner. »Hatten Sie denn den Eindruck gehabt, dass sie selbstmordgefährdet war?«

Hagen seufzte. »Nein … das ist es ja gerade. Hätten wir es erkannt, hätten wir das hier womöglich verhindern können.« Er deutete ungelenk auf die Tote.

»Helena Dalin war verwirrt und in einem labilen Zustand«, bestätigte Ruth. »Das war für sie aber bestimmt keine neue Erfahrung. Als übersensibler Mensch musste sie ihre Zustände kennen und damit umzugehen gewusst haben. Andernfalls hätte sie kaum einen Beruf wie den ausüben können, den sie gewählt hat.«

»Sie meinen, es muss mehr vorgefallen sein als bloß eine heftige Gemütsschwankung?«

Ruth ballte die Fäuste. Sie war innerlich stark aufgewühlt. Der Tod dieser jungen Frau ging ihr nahe, und sie versuchte verbissen, sich davon in ihrer Urteilskraft nicht beeinflussen zu lassen. »Eine für Helenas Verhältnisse normale Stimmungsschwankung wird sie kaum dazu getrieben haben, sich umzubringen«, war sie überzeugt. »Irgendetwas anderes muss sie gequält haben.«

»Aber doch wohl nicht ein Hohlraum in der Brandmauer und ein übler Geruch?«

Ruth zuckte vage mit den Schultern. »Wohl kaum.«

Hagen musterte seine Chefin. »Sie wollen andeuten, es war kein Selbstmord?«

Ruth wiegte abwägend den Kopf. »Es sei denn, wir finden den Grund, warum sie sich hat umbringen wollen.« Mit einem Wink gab sie Hagen zu verstehen, ihr zu folgen. Der Aufenthalt in dieser Scheune wurde für sie zu einer Tortur. »Wir überlassen das hier der Spurensicherung und versuchen herauszufinden, was Helena so sehr gequält haben könnte.«

»Oder wer einen Grund gehabt haben könnte, ihr nach dem Leben zu trachten?«

»Oder das«, bestätigte Ruth.

*

Erneut stand die Eingangstür des Gulfhauses weit offen. Diesmal betrat Ruth das Gebäude, ohne vorher zu klingeln. Hagen folgte ihr auf dem Fuße. Im Flur hing der Geruch von Räucherstäbchen. Aus welchen der angrenzenden Zimmer, deren Türen ausnahmslos alle geöffnet waren, der aromatische Rauch drang, war nicht ersichtlich.

Da aus dem Speiseraum Stimmen zu hören waren, steuerten die Kriminalisten diesen an.

»Moin«, grüßte die Hauptkommissarin knapp in die Runde, nachdem sie einmal gegen das Türblatt gepocht hatte, um auf sich aufmerksam zu machen.

Polina, die auf einem Stuhl vor einem der Tische saß, auf den sie die Ellenbogen gestützt hatte, nahm die Hände vom Gesicht und richtete den Blick ihrer verweinten Augen auf die Eintretenden. Hinter ihr hielt sich Wolfgang Berger auf, der Nachbar der Familie und offenbar auch ein engerer Freund derselben. Rolf stand, den Rücken dem Zimmer zugekehrt, vor einem Fenster und sah nur kurz über die Schulter hinweg zu den Kommissaren hin. Sein Gesicht war unnatürlich blass und die Augenränder gerötet.

»Wird das Unglück uns denn nie verlassen?«, schluchzte Polina und presste dann eine Faust vor ihren Mund. »Das Gulfhaus … es ist verflucht!«

Wolfgang legte die Hände auf Polinas Schultern und knetete diese sanft. »Du darfst dir das nicht alles so zu Herzen nehmen«, sprach er beruhigend auf sie ein.

»Rolf«, sprach Ruth Polinas Sohn an. »Was hatten Sie in aller Herrgottsfrühe in der Scheunenruine verloren?«

Der Angesprochene drehte sich abrupt herum. »Ich … ich wollte nach Helena sehen«, sagte er aufgelöst. »Sie … war nicht in ihrem Zimmer. Und da dachte ich, sie würde arbeiten.«

»Das Gutachten hatte sie aber doch bereits abgeschlossen«, wandte Ruth ein.

Polina richtete sich beunruhigt auf ihrem Stuhl auf. »Was sollen diese Fragen?«

»Schon gut, Mutter.« Rolf lehnte mit dem Gesäß an der Fensterbank, die Arme nach hinten ausgestellt, um sich mit den Händen abzustützen. »Wo sollte sie denn sonst sein, wenn sie nicht in ihrem Zimmer war?«, stellte er Ruth dann eine Gegenfrage.

»Und aus welchem Grund haben Sie sie gesucht?«

Rolf zuckte mit den Schultern. »Ich wollte bloß mit ihr quatschen. Es sind ja sonst keine Gäste im Haus, mit denen man ein paar Worte wechseln könnte.«

Plötzlich stolperte eine junge blonde Frau in den Speiseraum. Sie war ganz außer Atem und sah sich gehetzt um. »Da draußen wimmelt es von Polizisten!«, stieß sie hervor und sah Rolf eindringlich an.

»Die müssen gerade eben eingetroffen sein. Was ist denn diesmal wieder los?«

»Die Gutachterin … sie hat sich in der Scheune erhängt«, sagte Wolfgang Berger, offenbar ohne vorher nachzudenken, was er da von sich gab.

Die Frau hob erschreckt eine Hand an die Lippen. »Etwa diese Tussi, die dir schöne Augen gemacht hat?« Sie sah Rolf an, während sie dies sagte.

Polina erhob sich langsam. »Da sind noch mehr Polizisten?«, fragte sie beunruhigt. »Warum?«

»Ich habe eine Untersuchung angeordnet«, antwortete Ruth. »Das schien mir in Anbetracht der besonderen Umstände als geboten.«

Polina stieß Wolfgangs Hände von sich, der versuchte, sie dazu zu bewegen, sich zu setzen. »War das denn wirklich nötig?«, fragte sie vorwurfsvoll. »Man redet schon genug über den Gerodschen Gulfhof. Und nun auch das noch!«

Ruth konnte die Verärgerung der Frau gut verstehen, aber momentan gab es Dringenderes, um das sie sich kümmern musste. Eindringlich sah sie Hagen an und deutete dabei mit einem kaum merklichen Kopfnicken zu Rolf hinüber.

Der Kommissar reagierte prompt. »Helena Dalin hat Ihnen also schöne Augen gemacht?«, fragte er den jungen Mann.

Rolf bedachte das blonde Mädchen mit einem finsteren Blick. »Kann schon sein«, sagte er dann ausweichend.

»Pah!«, stieß die Blonde empört aus. »Sie hat sich dir nackt unter der Dusche präsentiert!«

»So war das nicht!«

Mit einem zuvorkommenden Lächeln wandte sich Ruth an die junge Frau. »Wer sind Sie, wenn ich fragen darf?«

»Stine. Stine Wolf«, stellte sie sich vor. »Ich … ich bin Rolfs Freundin.« Sie verzog das Gesicht. »Jedenfalls hatte ich das angenommen.«

»Natürlich bist du das!«, ereiferte sich Rolf. »Zwischen mir und Helena – da war nichts!«

Stine lächelte spöttisch. »Ja, klar. Und Krabben sind keine Kurzschwanzkrebse.«

Hagen nickte Rolf zu. »Jetzt kennen wir also einen weiteren Grund, warum Sie Helena Dalin heute Morgen unbedingt sehen wollten«, merkte er nicht sehr diplomatisch an.

Zornig verschränkte Stine die Arme vor der Brust. »Du elender Schuft!«

Rolf gestikulierte hilflos mit den Armen. »Ich … ich … da war nix!«

»Was soll dieses Theater?«, fuhr Polina dazwischen. »Und wann ziehen Sie Ihre Kollegen von der Spurensicherung wieder ab?«

Erst jetzt schien Stine zu begreifen, was heute Morgen vorgefallen sein musste. »Du hast die Tote gefunden, Rolf?«, fragte sie beklommen.

Tränen standen in den Augen des jungen Mannes. »Es … es war schrecklich«, stammelte er.

Ruth beschloss, die Gutsbesitzerin vorerst zu ignorieren. Was sich zwischen Stine und Rolf abspielte, erschien ihr momentan wesentlich interessanter.

»Helena Dalin hat also versucht, Sie zu verführen?«, brachte Hagen das Thema mit einer Frage erneut in Schwung.

»Nein, das hat sie nicht!«, wurde Rolf jetzt aufbrausend.

»Und ob sie das versucht hat!«, ereiferte sich Stine. »Gestern in der Scheune, da hat sie dich ganz unverhohlen angemacht.«

»Das war ganz anders«, versuchte sich Rolf aus der Affäre zu ziehen.

Stine stemmte die Hände in die Hüften. »Sie hat sich voll ins Zeug geschmissen!«, behauptete sie. »Und mich hat sie weggeekelt. Sogar ihre Arbeit hat sie vernachlässigt, um dir den Kopf zu verdrehen.«

»Das hast du alles völlig falsch verstanden«, schrie Rolf sie an.

»Helena Dalin hatte ihre Arbeit vernachlässigt?«, hakte Ruth nach. »Was genau meinen Sie damit?«

Stine machte eine vage Geste. »Da war was mit dem Fußboden, glaube ich. Wo das Feuer ausgebrochen war. Frau Dalin war total aufgewühlt, so als hätte sie was Seltsames entdeckt. Aber dann drehte sich plötzlich alles nur noch um Rolf. Dieses Miststück brachte es sogar fertig, dass ich wütend wurde und weggerannt bin.«

»Was war mit dem Boden?«, richtete sich Ruth nun an Rolf.

»Nix«, sagte dieser abweisend. »Das hat Stine sich nur eingebildet!«

Polina stellte sich zwischen die Kommissare und ihren Sohn. »Ich möchte jetzt endlich erfahren, aus welchem Grund Sie meinem Jungen all diese Fragen stellen!«

In diesem Moment kam Alice Bergmann ins Zimmer geeilt. »Frau Fasan!«, rief sie eindringlich. »Der Gerichtsmediziner wünscht Sie dringend zu sprechen!«

Ruth, der diese Unterbrechung nicht ganz ungelegen kam, gab ihrem Partner mit einem Wink zu verstehen, ihr zu folgen. Sie entschuldigte sich höflich reserviert bei den Anwesenden und kehrte der Gesellschaft dann den Rücken. Deren aufgebrachte Stimmen begleiteten sie noch bis hinaus vor die Haustür.

*

In die obligatorische Schutzkleidung gehüllt, kniete Dr. Frank Fixlmillner neben der Leiche, die die Kollegen von der Spurensicherung sorgsam neben dem Erdloch abgelegt hatten. Die zierliche Gutachterin wirkte neben dem riesenhaften Mann überaus zerbrechlich und filigran. Fixlmillner hatte das Kabel entfernt, das Helena das Genick gebrochen hatte. Eingehend betrachtete er die tief eingegrabenen Male am Hals.

»Sie wollten mich sprechen?«, richtete Ruth das Wort an den Gerichtsmediziner.

Frank sah kurz zu den beiden Kriminalisten auf und widmete sich dann erneut der Leiche. »Diese Frau«, sagte er gedehnt, zwängte zwei Finger zwischen Helenas Lippen und drückte den Kiefer behutsam nach unten. »Sie war bereits nicht mehr am Leben, als sie sich erhängt hat.«

Ruth verdrehte die Augen. »Bitte ersparen Sie uns Ihre makabren Scherze.«

Fixlmillner zog die Finger aus dem Mund der Toten; zwischen ihnen klemmte eine zarte Daunenfeder, die ein wenig verklebt aussah. »Helena Dalin ist vermutlich mit einem Kissen erstickt worden«, dozierte er und steckte das Beweisstück in eine Klarsichttüte, in der sich bereits zwei weitere Federn befanden. »Diese feinen Daunen werden bevorzugt als Kissenfüllung verwendet«, erläuterte er. »Die relativ widerstandsfähigen Kiele piksen oft durch den Bezugsstoff und piesacken einen im Schlaf. Oder sie lassen die Daunen aus dem Bezugsstoff hervorkriechen, sodass diese in die Atemwege gelangen, wenn einem ein solches Kissen brutal aufs Gesicht gedrückt wird und man dann panisch nach Luft ringt.«

Hagen weitete mit dem Zeigefinger ein wenig seinen Hemdkragen, als machte dieser ihm das Atmen plötzlich schwer. »Ich kann es mir bildhaft vorstellen«, merkte er bedrückt an.

»Als das Kabel Helena das Genick brach, war sie also bereits tot«, konstatierte Ruth.

»Das waren vorhin ungefähr meine Worte«, bestätigte Frank.

Hagen schüttelte fassungslos den Kopf. »Wir haben es also tatsächlich mit Mord zu tun.«

Fixlmillner strich der Toten eine Haarsträhne aus der Stirn. »Dem ersten Anschein nach würde ich schätzen, dass der Tod etwa um Mitternacht eingetreten ist. Sie muss im Schlaf vom Mörder überrascht worden sein und hatte kaum eine Chance. Es gibt nur wenige Abwehrspuren; ihre Gegenwehr war wohl nur von kurzer Dauer.«

Der Gerichtsmediziner richtete sich zu seiner vollen Körpergröße von zwei Metern auf. »Anschließend wurde der tote Körper dann in die Scheune gebracht und aufgeknüpft.« Er stieß das aufgerollte Kabel mit der Spitze seines in einem Überstreifer steckenden Schuhs an. »Mit einem alten Stromkabel. Von denen sind im Schutt dieser Ruine einige zu finden.«

»Helena Dalin hat nicht sehr viel gewogen«, überlegte Hagen. »Ihren toten Körper aufzuknüpfen, dürfte den Täter nicht vor allzu große Probleme gestellt haben.«

»Sechzig Kilo, schätze ich«, sagte Frank. »Ein Leichtgewicht.«

Ruth hatte die Stirn gefurcht. »Es sollte nach Suizid aussehen. Aber es war keiner.« Sie drehte sich der eingestürzten Außenmauer zu. Von der Öffnung drang Tumult herüber. Polina redete aufgebracht auf Alice ein, die ihr den Weg verstellte.

Zielstrebig eilte Ruth auf die Frauen zu. Als Polina sie sah, funkelte sie sie wütend an. »Sie weichen mir die ganze Zeit aus!«, schrie sie. »Und warum Sie meinen Sohn mit Ihren Fragen löchern, wollen Sie mir auch nicht verraten. Ich will endlich wissen, woran ich bin!«

»Die Scheune ist ein Tatort und darf von Unbefugten nicht mehr betreten werden«, informierte Ruth die Gutsbesitzerin, ohne direkt auf ihre Vorwürfe einzugehen. »Und womöglich trifft dies auch auf Teile des Wohnhauses zu.«

Wie von einem Schlag getroffen taumelte Polina zurück und stieß gegen den hinter ihm stehenden Wolfgang, der ihr blitzschnell die Hände auf die Schultern legte und sie hielt. »Ein Tatort?«, keuchte sie.

Ruth nickte bedächtig. »Helena Dalin ist ermordet worden.«

»Es war kein Suizid?« Schluchzend drehte sich Polina weg und barg ihr Gesicht an Wolfgangs Brust, der daraufhin zärtlich die Arme um sie legte und betreten dreinschaute.

Ruth bat Alice, die beiden ins Haus zu bringen und dafür zu sorgen, dass niemand das Gästezimmer betrat, in dem Helena untergebracht gewesen war. Anschließend kehrte sie zu Hagen zurück, der bei der Leiche geblieben war.

»Jetzt sehen wir uns an, was Helena Stines Worten zufolge gestern so sehr in den Bann gezogen hatte, ehe sie und Rolf auf der Bildfläche erschienen waren.«

Mit diesen Worten stieg sie über die Trümmer hinweg, um zum rückwärtigen Teil der niedergebrannten Scheune zu gelangen. Hagen folgte ihr mechanisch. Am Ziel angekommen, besahen sich die beiden Kriminalisten den Betonboden.

»Da sind Spuren im Ruß«, stellte Ruth fest. »Sieht aus, als wäre jemand mit der Schuhsohle über die Aschekruste hinweggefahren.«

Hagen nickte beipflichtend und deutete auf den Trümmerberg. »Und jemand hat diesen Balken dort hin und her bewegt.« Er bückte sich und packte den verkohlten Stumpf, hob ihn an und drückte ihn zur Seite.

Ruth ging in die Hocke, strich mit den Fingern über den rauen, rußverschmierten Untergrund, den Hagen freigelegt hatte. »Der Beton weist hier auffällige Verätzungen auf.« Sie erhob sich, rieb die Hände aneinander, um sie vom Ruß zu befreien. »Rufen Sie den Ortsbrandmeister an«, bat sie ihren Partner. »Er soll uns sagen, was er von dieser Sache hält.«

*

Jörg Hiller schüttelte enerviert den Kopf. Er hockte vor den Trümmern und betrachtete die Spuren im Betonboden mit ernster Miene. »Ich verstehe nicht, wie uns das entgehen konnte«, sagte er betreten. »Aber das da«, er deutete auf die Beschädigungen im Boden, »das wurde eindeutig von einem Brandbeschleuniger verursacht.« Er erhob sich. Die beiden Kommissare anzusehen, brachte er nicht fertig. »Wir … wir dachten, es würde sich um die Rückstände von mit Ruß versetztem Löschwasser handeln, das verdampft ist.« Nun sah er Ruth doch noch an. »Sie müssen meine Kollegen und mich für vollkommen inkompetent halten. Zuerst haben wir diesen menschlichen Totenschädel übersehen, und jetzt das!« Nochmals deutete er auf die verdächtigen Spuren.

»Machen Sie sich keine Vorwürfe«, beschwichtigte Ruth. »Die Mulde, in der das Skelett lag, war bis zum Rand mit verunreinigtem Löschwasser gefüllt gewesen, als Sie und Ihre Kollegen die Ruine begutachteten. Sie konnten diesen Schädel also gar nicht sehen. Als Helena Dalin die Scheune eine Woche später inspizierte, war das Wasser versickert und die Knochen lagen frei.«

»Aber hier … hier hätten wir ein wenig gründlicher untersuchen müssen«, erwiderte der Brandmeister unglücklich.

»Wie es scheint, war die Gutachterin sich nicht ganz sicher, was die Bedeutung dieser Spuren anbelangt«, merkte Hagen an. »Uns gegenüber hatte sie nämlich behauptet, nichts Verdächtiges gefunden zu haben. Sie ging von einem Unglück als Brandursache aus.«

Jörg Hiller sah beklommen zu der Leiche hinüber, die jetzt mit einem weißen Tuch zugedeckt war. Die Beamten von der Spurensicherung hatten ihre Arbeit noch nicht abgeschlossen, fotografierten, maßen mit Maßbändern und suchten auf der Leiter nach Fingerabdrücken. »Das verstehe ich nicht«, sagte er. »Frau Dalin hatte diese Spuren entdeckt; sie muss gewusst haben, dass Brandbeschleuniger eingesetzt wurde.« Er schüttelte sich. »Und nun ist sie tot.«

Ruth lächelte dem Mann begütigend zu. »Danke, dass Sie sich die Zeit genommen haben und unverzüglich hierhergekommen sind, Herr Hiller. Später werden wir Ihre Einschätzung noch zu Protokoll nehmen.«

»Sie können jederzeit auf mich zurückgreifen«, beteuerte der Brandmeister. »Schließlich muss ich meine Nachlässigkeit ja irgendwie wiedergutmachen.« Mit diesen Worten verabschiedete er sich und stapfte davon.

»Seltsam«, murmelte Hagen. »Was mag Helena Dalin bloß dazu veranlasst haben, ihre Erkenntnisse unter den Teppich zu kehren?«

»Rolf«, sagte Ruth. »Dieser junge Bursche muss sie fasziniert haben. Irgendetwas hat er an sich, dass sie dazu brachte, auf ihre berufliche Pflicht zu pfeifen und zu lügen.«

»Wenn das zutrifft, kann das nur bedeuten, dass Rolf mit diesen verdächtigen Spuren irgendwie im Zusammenhang steht«, überlegte Hagen laut. Plötzlich ging ihm ein Licht auf, denn er sah seine Chefin überrascht an. »Vielleicht glaubte Helena, dass Rolf den Brand gelegt hat.«

Ruth nickte gewichtig. »Versuchen wir, es herauszufinden. Wenn Helena Rolf der Brandstiftung verdächtigte und er dies wusste und schuldig war, hätte er eindeutig ein Motiv gehabt, die Gutachterin aus dem Weg zu räumen.«

*

Da es nun in erster Linie darum ging, Beweismittel zu sichern, suchten Ruth Fasan und Hagen Reese zuerst Helena Dalins Gästezimmer auf. Alice Bergmann war in der Zwischenzeit nicht untätig geblieben und hatte dessen Tür mit einem Polizeisiegel versehen. Hagen riss das Siegel entzwei und die beiden Kommissare betraten den Raum.

Das Bett sah aus wie eine Liegestatt, die erst kürzlich von der Person verlassen worden war, die darin geschlafen hatte. Die Bettdecke war zurückgeschlagen und das Kissen lag leicht zerknautscht am Kopfende. Das Laken wirkte nicht übermäßig kraus, was auf einen ruhigen Schlaf besagter Person schließen ließ.

»Das Bett macht nicht den Eindruck, als wäre jemand darin mit einem Kissen erstickt worden«, merkte Hagen an.

»Der Mörder hätte inzwischen ja auch genug Zeit gehabt, eventuelle Spuren zu beseitigen«, entgegnete Ruth. »Trotzdem sollen die Kollegen von der Spurensicherung das Kissen genauer unter die Lupe nehmen. Aber ich befürchte, dass es ausgetauscht und das Bett entsprechend hergerichtet wurde. Es sollte ja schließlich nach Selbstmord aussehen.«

Hagen sah Helenas Sachen durch und Ruth sog mit erhobenem Kopf Luft durch die Nase ein. Einen unangenehmen Geruch, wie Helena ihn beschrieben hatte, konnte sie allerdings nicht wahrnehmen. Aber das war auch kein Wunder, denn das Fenster war weit geöffnet und ein Hauch vom Duft der Räucherstäbchen hing in der Luft.

»Helenas Handtasche und ihr Tablet liegen auf dem Tisch«, berichtete Hagen. »Auch sonst scheint alles normal.« Er schaltete den kleinen Computer an. »Passwortgeschützt, wie nicht anders zu erwarten war«, konstatierte er.

»Das Tablet sollen sich die Experten ansehen«, beschied Ruth. »Wie der abschließende Bericht der Gutachterin aussehen wird, hatte sie gestern ja bereits durchblicken lassen. Aber vielleicht hatte sie es sich doch noch anders überlegt und die Spuren des Brandbeschleunigers darin zur Sprache gebracht.«

Sie verließen das Zimmer und Hagen versiegelte es erneut. Anschließend machten sie sich auf die Suche nach Rolf. Eine schwierige Befragung stand ihnen nun bevor, denn es galt, den jungen Mann aus der Reserve zu locken, wobei sie lediglich auf Mutmaßungen zurückgreifen konnten. Wenn sie ihn nicht richtig zu fassen bekamen, wäre es ihm ein Leichtes, sich wie ein Aal aus der Verstrickung herauszuwinden.

All dies ging Ruth durch den Kopf, während sie sich der Quelle der Stimmen näherten, die durch das Gulfhaus geisterten. Sie fanden Rolf in der Küche. Gemeinsam mit Wolfgang Berger saß er an einem kleinen Tisch und frühstückte. Polina hantierte derweil am Herd herum, wo sie offenbar gerade das Mittagessen vorbereitete.

»Darf ich Ihnen was zu trinken anbieten?«, erkundigte sich die Gutsbesitzerin, als die beiden Kriminalisten die Küche betraten. Polina gab sich kaum Mühe, besonders höflich oder zuvorkommend zu wirken. Dass die Anwesenheit der Polizei ihr sauer aufstieß, war ihr deutlich anzumerken.

Ruth hatte nicht vor, die Frau zu schonen, und bat sie um einen Kaffee. Hagen wollte nur ein Glas Wasser.

Mit dem Kaffeebecher in der Hand setzte sich die Hauptkommissarin schließlich zu den beiden Männern an den Tisch. Hagen lehnte sich an den Türholm und nippte an seinem Glas.

»Ich hatte so sehr gehofft, dass wieder Ruhe in den Gulfhof einzieht«, sagte Polina, während sie ungestüm eine Sellerieknolle zerkleinerte. »Stattdessen wird alles nur noch schlimmer.«

»Daran ist nur dieses vermaledeite Feuer schuld«, äußerte sich Wolfgang, während er an einem Bissen Brot kaute. »Damit fing das Desaster an. Und seitdem reißt die Kette von Kümmernissen nicht mehr ab!«

Polina nickte verbittert. » Wenn 't kummt, kummt 't all up eenmaal«, sagte sie auf Plattdeutsch.

»Womöglich war dieses Feuer gar kein Unfall«, nutzte Ruth den Wortwechsel als Einstieg in die Befragung.

Polina drehte sich abrupt zu ihr um. »Malen Sie bloß nicht den Teufel an die Wand!«

»Leider sind tatsächlich Hinweise aufgetaucht, die auf Brandstiftung hindeuten«, warf Hagen ein.

Polina wandte sich dem Kommissar zu, die Stirn verärgert gekraust. »Der Ortsbrandmeister und seine Leute hatten nichts Verdächtiges gefunden. Und Frau Dalin hat sich in dieser Hinsicht auch entsprechend geäußert.«

»Was ziemlich seltsam ist«, fuhr Ruth fort. »Die Spuren können der Gutachterin nämlich unmöglich entgangen sein. Genaugenommen hat sie sie sogar entdeckt, weshalb wir nun auch darauf aufmerksam wurden.«

»Und wie wollen Sie davon erfahren haben?«, wunderte sich Wolfgang. »Wo die Frau doch längst tot ist?«

»Wir sind den Hinweisen von Stine Wolf nachgegangen«, erwiderte Ruth freundlich. »Darum wissen wir, dass Helena Dalin diese verdächtigen Spuren gefunden hatte. Sie weisen auf Brandstiftung hin, wie Herr Hiller uns inzwischen bestätigt hat.«

Polina ließ das Messer fallen und Wolfgang blies die Wangen auf, als hätte sich in seinem Körper plötzlich ein unangenehmer Überdruck aufgebaut. Rolf, der sich die ganze Zeit seinem Frühstück gewidmet und sich unbeteiligt gegeben hatte, verschluckte sich und hustete.

»Aus irgendeinem Grund hatte sich Frau Dalin dazu entschlossen, diese Beweise einer Straftat außer Acht zu lassen und von einem Unglück zu sprechen«, sagte Hagen mit deutlicher Stimme in die Unruhe hinein.

»Brandstiftung?« Verwirrt sah Polina zwischen den beiden Kriminalisten hin und her. »Das kann unmöglich wahr sein! Wer sollte mir denn das Dach über dem Kopf anzünden wollen?«

»Im Fall eines Feuerschadens wird für Sie eine ziemlich hohe Versicherungssumme fällig«, merkte Ruth an. »Sie wären Ihre alten Schulden auf einem Schlag los.«

Polina schüttelte den Kopf. »Die Scheune ist unrettbar verloren. Sie kann nur noch abgerissen werden. Das ist für mich ein herber Verlust.«

»Dennoch würde die Versicherung Ihnen eine Entschädigung zahlen«, wandte Ruth ein.

»Ihre Anschuldigungen sind sowas von an den Haaren herbei-gezogen!«, eiferte sich Wolfgang. »Warum lassen Sie Polina nicht endlich in Frieden? Sie hat schon genug durchgemacht!«

»Wir müssen dem Verdacht der Brandstiftung ebenso nachgehen wie den beiden Mordfällen, die sich in Zusammenhang mit dem Gulfhof ereignet haben«, gab Ruth gelassen zurück. Sie wandte sich Rolf zu. »Womöglich können Sie uns etwas zur Brandursache sagen.«

»Lassen Sie meinen Sohn aus dem Spiel!«, blaffte Polina.

Rolf wurde blass um die Nase. »Ich weiß nicht, was Sie von mir wollen«, sagte er finster.

»Dann erkläre ich es Ihnen.« Ruth stellte den Kaffeebecher ab, an dem sie nur kurz genippt hatte. »Helena Dalin hatte herausgefunden, dass in der Scheune Feuer gelegt wurde. Dabei kam ein Brand-beschleuniger zum Einsatz, wahrscheinlich Benzin oder eine andere brennbare Flüssigkeit.«

»Diese Entdeckung der Gutachterin musste dem Verursacher dieses Brandes natürlich mächtig Angst eingejagt haben«, setzte Hagen die Ausführung seiner Chefin fort.

»So viel Angst, dass er beschloss, die Frau umzubringen«, fügte Ruth an, wohlwissend, dass sie sich mit diesen Worten weit aus dem Fenster lehnte.

»Aber Frau Dalin hatte offenbar gar nicht vorgehabt, ihre Entdeckung publik zu machen«, gab Wolfgang zu bedenken und legte damit den Finger auf den Schwachpunkt dieser Argumentation. »Warum sollte der Brandstifter sie dann noch töten wollen? Das ergibt keinen Sinn. Außerdem musste dieser mutmaßliche Brand-stifter zudem davon gewusst haben, dass Frau Dalin die Wahrheit herausgefunden hatte. Wie hätte dies aber vonstattengehen sollen, bitte schön?«

Ruth und Hagen sahen sich kurz an. Diese Einwände waren berechtigt, aber die Hauptkommissarin war nicht gewillt, die Waffen zu strecken. Im Gegenteil, die Anfechtungen seitens des Nachbarn der Familie stellten eine willkommene Vorlage dar, endlich auf den eigentlichen Punkt dieser Befragung zu kommen.

»Frau Dalin muss dem Brandstifter von ihrer Entdeckung erzählt haben. Und sie hat ihm gegenüber durchblicken lassen, dass sie zu schweigen bereit wäre. Der Brandstifter wollte aber lieber auf Nummer sicher gehen. Er wollte dafür sorgen, dass Frau Dalin es

sich am Ende nicht anders überlegt und mit der Wahrheit heraus-
rückt.«

Wolfgang lehnte sich auf dem Stuhl zurück und verschränkte die
Arme vor der Brust. »Und aus welchem Grund hätte sich Helena
Dalin Ihrer Meinung nach überhaupt darauf einlassen sollen, die
wahre Brandursache zu verschweigen? Halten Sie sie etwa für
bestechlich?«

Diese Frage festigte Ruths Verdacht noch zusätzlich. Dass Helena
sich hatte bestechen lassen, hielt sie nämlich für ziemlich unwahr-
scheinlich. Sie war eine aufrichtige Person gewesen und wenn
überhaupt, hätte sie sich nur von ihren Gefühlen in ihrer Arbeit
beeinflussen lassen.

Ruth sah Rolf über den Tisch hinweg unverwandt an. »Weil Helena
dieser Brandstifter womöglich leidtat«, sagte sie. »Vielleicht mochte
sie ihn und wollte nicht sein Leben zerstören, indem sie ihn als Täter
entlarvte.«

Rolf schluckte trocken.

»Du wirst jetzt gar nichts mehr sagen!«, rief Polina. Wütend
funkelte sie die Hauptkommissarin an. »Verdächtigen Sie meinen
Sohn etwa der Brandstiftung und des Mordes? Wenn ja, wird er ohne
Anwesenheit eines Anwalts nicht mehr mit Ihnen sprechen!«

Ruth hatte den jungen Mann nicht aus den Augen gelassen.
»Möchten Sie denn einen Anwalt, Rolf?«, fragte sie.

»Ich … ich habe Helena nichts getan«, sagte dieser mit rauer
Stimme. »Ich bin kein Mörder!«

»Und ein Brandstifter wollen Sie auch nicht sein?«, fragte Hagen.

Rolf blickte schuldbewusst zu seiner Mutter herüber. »Ich … ich
wollte doch bloß«, setzte er an.

Polina schnappte geschockt nach Luft. »Sag, dass das nicht wahr
ist«, keuchte sie. »Du hast unsere Scheune nicht angesteckt,
stimmt's?«

»Doch, Mutter«, sagte Rolf aufgewühlt. »Jetzt, wo es sowieso
bewiesen ist, dass es Brandstiftung war, hat es keinen Sinn mehr zu
leugnen. Und Geld werden wir von der Versicherung jetzt auch nicht
mehr bekommen.« Abrupt wandte er sich Ruth zu. »Aber ich habe
niemanden umgebracht. Und das Feuer konnte wegen der Brandmauer auch nicht auf das Wohnhaus übergreifen. Unsere Gäste, sie
waren nicht in Gefahr. Außerdem habe ich alle rechtzeitig gewarnt
und aus dem Haus gescheucht.«

»Darum hast du Feuer gelegt; wegen des Geldes?«, rief Polina ungläubig.

»Ich konnte nicht mehr mit ansehen, wie du unter den Schulden leidest«, gab Rolf gequält zurück. »Und dann war da auch noch die Zahlungsaufforderung der Bank. Du hast selbst gesagt, dass diese Leute uns den Gulfhof wegnehmen wollen. Das durfte ich nicht zulassen!«

»Mensch, Rolf!«, sagte Wolfgang eindringlich. »Für dieses Problem hätte sich auch eine andere Lösung finden lassen!«

Rolf sah Wolfgang kämpferisch an. »Ach ja. Und welche? Ich sehe hier weit und breit niemanden, der uns hätte helfen können. Mein Vater nicht – und du auch nicht!«

»Das ist nicht wahr!«, rief Wolfgang gekränkt.

»Du … du …« Polina schnappte sich ein Geschirrhandtuch und ging damit auf ihren Sohn los. Wie von Sinnen schlug sie mit dem Tuch auf seinen Kopf ein. Rolf machte keine Anstalten, die Schläge abzuwehren. In stoischer Ruhe saß er da und ließ die Bestrafung über sich ergehen.

Schließlich ging Wolfgang dazwischen. Er packte Polina am Handgelenk und hielt ihren Arm fest. »Es ist genug«, sagte er.

Polina starrte ihn wirr an. Dann sackten ihr plötzlich die Beine unter dem Körper weg. Wolfgang fing sie auf, indem er sich halb von seinem Stuhl erhob und die Arme um sie schlang. Er stützte die jetzt schluchzende Frau, die keine Kraft mehr zu haben schien, sich aufrecht zu halten.

»Ich bringe sie auf ihr Zimmer«, sagte Wolfgang an Ruth gerichtet.

Die Hauptkommissarin gab mit einem knappen Nicken zu verstehen, dass sie einverstanden war.

Während Wolfgang Polina aus der Küche führte, saß Rolf bewegungslos auf seinem Stuhl. Plötzlich streckte er Ruth die an den Handgelenken zusammengelegten Hände entgegen. »Verhaften Sie mich«, forderte er. »Ich habe die Scheune des Gulfhofes angezündet. Aber ich bin kein Mörder.«

»Das wird sich zeigen.« Ruth stand auf, fasste Rolf am Oberarm und zog ihn von seinem Stuhl. »Ab mit dir in unsere Arrestzelle«, sagte sie.

*

Mehrere Stunden verbrachten Ruth und Hagen an ihrem Schreibtisch im Büro der Polizeistation. Neue Erkenntnisse seitens der Kriminaltechnik waren für heute nicht mehr zu erwarten. Die Kollegen in Emden waren mit ihrer Arbeit am Limit, da sie sich auch noch um andere Fälle zu kümmern hatten. Aber sie taten ihr Bestes, um so schnell wie möglich Ergebnisse zu liefern, war den Greetsieler Kommissaren versprochen worden.

Und so hatten Ruth Fasan und Hagen Reese genug Gelegenheit, Protokolle zu schreiben, Formulare auszufüllen und einen vorläufigen Bericht für Staatsanwalt Lindau zu verfassen. Unterbrochen wurden sie bei dieser von Ruth als überaus lästig empfundener Tätigkeit schließlich von der Greetsieler Hausärztin Alberta Siemsen. Sie hatte sich um Polina Gerod gekümmert und bei ihr einen Nervenzusammenbruch diagnostiziert. Die beleibte Ärztin mit einer Vorliebe für weite Kleidung, die ihre fülligen Kurven großzügig verschleierte, ließ es sich nicht nehmen, persönlich in der Polizeiwache zu erscheinen, um den Kommissaren von Polinas Zustand zu berichten. Dies tat sie nicht nur, um den Ermittlern dringend nahezulegen, die Gutsbesitzerin ihrer Gesundheit zuliebe heute nicht mehr zu behelligen, sondern auch, weil sie sich als großer Fan von Kriminalromanen einen Einblick in die aktuelle Ermittlungsarbeit erhoffte. Es zeigte sich dann allerdings, dass die Hausärztin bereits bestens informiert war. In Greetsiel machte es offenbar schon die Runde, was sich am Vormittag beim Gerodschen Gulfhof abgespielt hatte. Ruth zweifelte nicht daran, dass für die Verbreitung dieser Neuigkeiten sowohl Stine Wolf als auch Wolfgang Berger verantwortlich waren, die sich offenkundig nicht hatten zweimal bitten lassen, ihren Verwandten, Freunden, Nachbarn und allen, die sonst noch danach fragen mochten, von ihren Erlebnissen mit der Kripo zu berichten.

»Sie hätten eine fähige Kriminalistin abgegeben«, merkte Ruth an, nachdem sie Alberta entlockt hatte, was sie alles über die Vorkommnisse im Gerodschen Gulfhof wusste. »Sie verstehen es offenkundig, den Leuten gewisse Informationen zu entlocken.«

Die Hausärztin winkte verlegen ab. »Die Ostfriesen sind ja auch ausgesprochen auskunftsfreudig«, gab sie sich bescheiden, wenn auch sichtbar geschmeichelt. »Es bedarf nicht viel, ihnen die Würmer aus der Nase zu ziehen.« Sie musterte Ruth fragend. »Sie verraten mir wahrscheinlich nicht, was ich in Bezug auf diese Mordfälle und den Brand noch nicht weiß?«

»Das haben Sie messerscharf erkannt«, gab Ruth freundlich, aber dennoch unmissverständlich zurück.

Die Ärztin machte ein zerknirschtes Gesicht. »Das dachte ich mir.« Sie raffte die Schöße ihres Mantels zusammen. »Ich möchte Sie dennoch bitten, mir zu gestatten, mir Rolf einmal anzusehen. Polina macht sich große Sorgen um ihren Sohn, und ich habe ihr versprochen, mich davon zu überzeugen, dass es ihm gut geht.«

Ruth drehte sich Hagen zu, der die Arbeit an seinem Computer unterbrochen hatte, um der Unterhaltung der beiden Frauen zu lauschen. »Begleiten Sie Doktor Siemsen bitte in die Arrestzelle«, trug sie ihm auf. »Und bleiben Sie zugegen, während Rolf untersucht wird.« Sie bedachte Alberta mit einem gewinnenden Lächeln. »Womöglich entlockt unsere Hausärztin dem Verdächtigen Informationen, die dieser uns trotz intensiver Befragungen bisher vorenthalten hat.«

Dass Ruth ihr erlaubte, sich an der Ermittlungsarbeit zu beteiligen, erfreute Alberta unübersehbar. Ihr Gesicht rötete sich leicht. Geschäftig folgte sie Hagen durch die angrenzende Teeküche und ließ sich von ihm dann durch eine Tür in den Flur geleiten, von dem die Arrestzelle und der Verhörraum abzweigten.

*

Eine Viertelstunde verweilten Hagen und Alberta bei Rolf in der Zelle. Als sie schließlich ins Büro zurückkehrten, war der Hausärztin deutlich anzusehen, dass sie bei dem jungen Mann nichts hatte ausrichten können. »Er bleibt dabei«, berichtete sie Ruth. »Den Mord an Helena Dalin will er nicht begangen haben. Die Brandstiftung aber gibt er unverblümt zu.«

»Und wie ist es um seine Gesundheit bestellt?«, erkundigte sich Ruth.

»Alles bestens«, erwiderte Alberta wie beiläufig. Sie furchte die Stirn. »Könnte es vielleicht sein, dass Rolf diese Brandstiftung nur auf sich nimmt, um den wahren Täter zu schützen?«, fragte sie dann. »Sowas kommt in den Krimis oft vor. Es wäre auch denkbar, dass er die Gutachterin ...«

Ruth hob beschwichtigend die Hände und brachte die Hausärztin somit zum Schweigen. »Sie können versichert sein, dass wir vollkommen ergebnisoffen arbeiten«, sagte sie. »Rolf wird bei uns erstmal in Untersuchungshaft bleiben. Hagen verbringt die Nacht oben im Bereitschaftsraum. Rolf befindet sich also in guter Obhut. Richten Sie das Frau Gerod bitte aus. Was immer Rolf getan oder nicht getan haben mag – wir werden es am Ende herausfinden.«

Alberta nickte geflissentlich, hob zu sprechen an, klappte den Mund dann aber zu. Schließlich verabschiedete sie sich, verließ aber nur zögernd den Raum, wie jemand, der hoffte, dass ihm in letzter Sekunde noch etwas zugerufen wurde. Da dies jedoch nicht geschah, zog sie die Tür am Ende ein wenig sehr resolut hinter sich ins Schloss.

Kapitel 7

Als Ruth Fasan am nächsten Morgen das Büro betrat, saß Hagen bereits an seinem Schreibtisch und arbeitete am Computer. Dass die Nachtwache in der Polizeistation ihn in irgendeiner Weise geschlaucht haben könnte, war ihm nicht anzusehen, wofür Ruth ihn insgeheim ein wenig beneidete. Sie wäre knatschig und womöglich schlechtgelaunt gewesen, wenn sie die Nacht in dem unkomfortablen Bett des Bereitschaftsraums hätte verbringen müssen.

»Irgendwelche besonderen Vorkommnisse?«, fragte sie, nachdem sie Hagen einen guten Morgen gewünscht hatte.

Der junge Kommissar schüttelte den Kopf. »Alice hat Rolf gerade das Frühstück gebracht. Er wirkt ein bisschen niedergeschlagen, scheint aber ansonsten ziemlich gefasst.«

Ruth nahm an ihrem Schreibtisch Platz. »Die Nacht in der Arrestzelle hat ihn also nicht weichgekocht, sodass er zu weiteren Geständnissen bereit ist?«

»Nein.« Hagen wandte sich seiner Chefin zu. »Und ich glaube auch nicht mehr, dass Rolf die Gutachterin ermordet haben könnte.«

Ruth hob überrascht eine Augenbraue. »Warum das?«

Rolf drehte den Bildschirm herum, damit Ruth einen Blick darauf werfen konnte. »Die Techniker haben das Passwort für Frau Dalins Tablet geknackt und die Daten gesichtet«, berichtete er. »In Helenas abschließendem Bericht an die Versicherung ist nicht von Brandstiftung die Rede.«

»Für den Mörder wäre die Möglichkeit, dass sie es sich später anders überlegt und die Wahrheit schreibt, trotzdem eine reale Bedrohung gewesen«, gab Ruth zu bedenken.

Hagen wiegte abwägend den Kopf. »Es hatte mich gestern bereits stutzig gemacht, dass wir Helenas Tablet überhaupt gefunden haben. Warum hat der Mörder den Computer nicht verschwinden lassen?«

»Weil er wusste, dass er die Dateien dadurch nicht aus der Welt schaffen würde?«, kleidete Ruth ihre Feststellung in eine Frage. »Jeder sichert seine Daten heutzutage in einer Cloud. Außerdem wäre es dem Anschein eines Selbstmordes kaum zuträglich gewesen, wenn das Tablet unauffindbar gewesen wäre.«

»Trotzdem«, sagte Hagen. »Mir gefällt das alles nicht.«

Ruth nahm die Bedenken ihres Partners mit einem Achselzucken zur Kenntnis. Anschließend sichtete sie die in ihr elektronisches

Postfach eingegangenen Nachrichten. Zuerst öffnete sie die Datei, die Dr. Fixlmillner geschickt hatte. Zu ihrer Überraschung erschien jedoch nicht der Untersuchungsbericht von Helena Dalins Leiche auf ihrem Bildschirm. Stattdessen betrachtete sie das Ergebnis des DNS-Vergleichs, der zwischen der Gewebeprobe des Skeletts, das aller Wahrscheinlichkeit nach von Heinz Manning stammte, und Rolfs Blut durchgeführt wurde. Da Ruth diese Laboruntersuchung nicht mehr für relevant hielt, wollte sie das Dokument schon in den elektronischen Papierkorb verschieben. Aber dann blieb ihr Blick auf einer Zeile der schriftlichen Begutachtung hängen.

»Das ist doch wohl nicht wahr!«, rief sie entgeistert. Verdattert sah sie zu ihrem Partner hinüber. »Dem DNS-Abgleich zufolge besteht zwischen dem Toten in der Scheune und Rolf Gerod eine auffallende Übereinstimmung im Erbgut.«

Hagen machte große Augen. »Dann war also Heinz Manning Rolfs Vater und nicht Martin Gerod?«

»Wenn dieses Skelett tatsächlich von Heinz Manning stammt, dann ja«, sagte Ruth.

»Worauf einiges hindeutet.«

Ruth nickte bestätigend. »Und jetzt noch viel mehr.« Sie stand auf und Hagen tat es ihr augenblicklich gleich.

»Ich bin gespannt, wie Rolf diese Nachricht aufnehmen wird«, sagte er.

Ruth griff nach ihrem Mantel. »Zuerst werden wir Polina mit diesem Untersuchungsergebnis konfrontieren«, beschied sie.

»Aber Rolf hat ein Recht zu erfahren …«, setzte Hagen an, griff nun aber ebenfalls nach seiner Jacke.

»Das wird er auch – zu gegebener Zeit«, sagte Ruth. »Zuerst einmal wird seine Mutter uns einiges zu erklären haben.«

*

Mehrere Kissen hinter den Rücken gestopft, lag Polina mit aufgerichtetem Oberkörper in ihrem Bett.

»Es tut mir leid, Schatz«, haspelte Wolfgang Berger, während er mit einem vollbeladenen Tablett auf den Händen ins Zimmer trat. Ruth Fasan und Hagen Reese folgten ihm auf dem Fuße. »Ich konnte die beiden Kommissare nicht davon überzeugen, dass du deine Ruhe brauchst.«

»Diese Angelegenheit duldet keinen Aufschub«, erläuterte Ruth, ehe Polina den Mund auftun konnte. Sie trat neben das Bett und drückte der überrumpelten Frau einen Computerausdruck in die Hand.

Polina besah sich das Dokument mit gerunzelter Stirn. Zuerst schien sie nicht zu wissen, was sie mit den Grafiken und Tabellen anfangen sollte, dann aber weiteten sich ihre Augen.

»Das ... das muss ein Irrtum sein«, sagte sie, wobei ihre Hand, mit der sie den Papierbogen hielt, zu zittern anfing.

»Sind Sie sich da auch wirklich sicher?«, hakte Ruth mit strenger Miene nach. »Gehen Sie nochmal in sich, und dann sagen Sie mir, ob Heinz Manning wirklich nicht der Vater Ihres Kindes sein kann!«

Wolfgang verschüttete ein bisschen Tee, als er das Tablett nun hart auf den Nachttisch abstellte.

Polina errötete leicht. »Es wäre möglich«, räumte sie ein. »Theoretisch.« Sie gab Ruth das Schriftstück zurück. »Wir ... wir hatten nur ein einziges Mal ...« Sie ließ den Satz unvollendet.

Ruth lächelte schmal. »Einmal ist oft genug. Sie wären nicht die einzige Frau, die dies erfahren müsste.«

Polina verbarg das Gesicht hinter ihren Händen. »Rolf hatte also richtig gespürt. Dieses Skelett ... es waren die sterblichen Überreste seines Vaters!«

»Wusste Ihr Mann von Ihrem Verhältnis mit Ihrem Hausmeister?«, fragte Ruth unverblümt.

Polina ließ die Hände sinken. »Nein!«, sagte sie überhastet, furchte dann aber nachdenklich die Stirn. Ihr Gesicht nahm eine unnatürliche Blässe an. »Das ... das wäre fatal gewesen. Martin ... er wäre total ausgerastet.« Ihr Mund blieb offen stehen, als ihr die Tragweite ihrer Worte bewusst wurde.

Ruth nickte gewichtig. »Martin wurde mir als gewaltbereiter Mensch geschildert«, sagte sie gedehnt. »Hätte er von Ihrem Seitensprung erfahren, hätte ihn das sicherlich nicht kaltgelassen.«

»Hat Ihr Ehemann eine Waffe besessen?«, warf Hagen eine Frage ein. »Eine alte Selbstladepistole des Typs Nambu Taisho?«

Polina starrte die Bettdecke an und schüttelte dann abgehackt den Kopf.

Ruth setzte sich auf die Bettkante, sah die Frau eindringlich an. »Wenn Sie wissen, wo Ihr Mann sich aufhält, müssen Sie es mir jetzt sagen. Martin steht im dringenden Verdacht, Heinz Manning, den Vater Ihres Sohnes, durch Kopfschuss getötet zu haben.«

»Ich weiß nicht, wo er ist!«, fuhr Polina sie an.

»Vor etwa zwanzig Jahren haben Sie den Rest Ihres Vermögens auf ein Konto einer karibischen Bank überwiesen«, sagte Ruth in ruhigem Tonfall. »Hält Ihr Mann sich dort noch immer auf?«

»Was?« Polina starrte sie wirr an. »Ich ... ich weiß es nicht!«, sagte sie dann aber abweisend.

Wolfgang taumelte einen Schritt zurück. Befremden machte sich auf seinem Gesicht breit. »Du hast behauptet, Martin wäre damals mit eurem gesamten Vermögen durchgebrannt, und dass du nicht wüsstest, wohin!«

»Aber das stimmt doch auch!«, rief Polina verzweifelt. »Das Geld ist weg, und Martin ebenfalls. Ich weiß nicht, wo er jetzt steckt!«

»Du hast mich angelogen«, stellte Wolfgang ernüchtert fest. »Und ich Trottel habe dir vorbehaltlos geglaubt und ...« Er ließ den Satz unvollendet. »Du hast die ganze Zeit gewusst, wo dein Ehemann sich aufhält.«

»Ich weiß nicht, was aus ihm geworden ist!«, beschwor Polina. »Bitte, du darfst dich deswegen nicht von mir abwenden. Martin, dieser Unmensch. Er ... er hat Heinz kaltblütig erschossen, wie es aussieht. Und dann hat er die Leiche in den Scheunenboden einbetoniert. Ich hatte für Heinz viel übrig damals. Und es hat mir das Herz gebrochen, als bekannt wurde, er hätte sich nach Italien abgesetzt. Was aber wohl gar nicht stimmte.« Sie schluchzte. »Lass nicht zu, dass Martin mir jetzt zum zweiten Mal einen Mann wegnimmt, für den ich etwas empfinde.«

Wolfgang presste hart die Lippen aufeinander. »Ich brauche Zeit, um das alles zu verarbeiten«, sagte er rau. Kurz angebunden nickte er in die Runde und stürmte aus dem Zimmer.

Ruth hatte nicht vor, diesen zuvorkommenden Nachbarn ziehen zu lassen, ohne ihn zuvor in die Mangel genommen zu haben. Sie bedeutete Hagen, bei Polina zu bleiben, und eilte hinaus auf den Flur.

*

»Warten Sie!«, rief Ruth dem Mann hinterher.

Wolfgang blieb zögernd stehen, drehte sich widerwillig um. »Was gibt es denn?«, fragte er leicht ungehalten. In seinen Augen schimmerte es feucht.

»Offenbar weiß man Ihre Hilfe in dieser Familie nicht recht zu schätzen«, sagte sie nüchtern, während sie vor den Mann hintrat. »Dabei bemühen Sie sich doch so redlich.«

Wolfgang wischte sich mit den Handballen die Augen. »Was wollen Sie von mir?«

»Ich erinnere mich, wie Sie Rolf sagten, dass es für die Geldprobleme der Familie auch eine andere Lösung gegeben hätte, als die Scheune anzuzünden.«

»Ja und?«

»Was genau schwebte Ihnen da vor?«

Wolfgang machte eine vage Handbewegung. »Alles Mögliche. Nur eben nicht die Scheune anzuzünden.«

Ruth lächelte nachsichtig. »Ich denke, Ihre Vorstellungen waren schon ein wenig konkreter.« Sie beschloss, nicht länger um den heißen Brei herumzureden. »Glauben Sie wirklich, Martin Gerod würde sich überreden lassen, seiner Frau zu helfen, wenn Sie herausfinden, wo er sich herumtreibt?«

Wolfgang vergrub die Hände in den Hosentaschen, sagte aber nichts.

»Ich verstehe Ihre Beweggründe nicht ganz«, sagte Ruth. »Sie setzen zwei Privatdetektive darauf an, Martin Gerod zu finden. Einen Mann, dem nachgesagt wird, gewalttätig und nicht sehr umgänglich zu sein.«

»Dieser Kerl soll sich endlich seiner Verantwortung stellen!«, rief Wolfgang aufgebracht und zog dann die Schultern an. »Er wird hier gebraucht. Es kann nicht angehen, dass er sich ein schönes Leben macht und seine Familie vor die Hunde geht!«

»Mal angenommen, Bodo und Ida König hätten Polinas Ehemann ausfindig gemacht und er wäre tatsächlich bereit gewesen, nach zwanzig Jahren nach Greetsiel zurückzukehren. Was wäre dann aus Ihnen geworden? Sie sind offensichtlich eine Beziehung mit Polina eingegangen. Die würde womöglich ein abruptes Ende finden, wenn ihr Ehemann auf der Bildfläche erscheint.«

Wolfgang zuckte mit den Schultern. »Ich liebe Polina. Aber …« Er deutete um sich. »Dieser Gulfhof, das ist ein verdammt schwerer Klotz am Bein. Und Rolf. Ich bin einfach nicht dazu geschaffen, einem jungen Erwachsenen den Vater zu ersetzen. Und zu allem Überfluss macht nun auch noch die Bank Druck.«

»Ihnen ist das alles zu viel«, erkannte Ruth.

Wolfgang nickte gefasst. »Ich habe gerne meinen Spaß mit Polina und bin bereit, ein gewisses Maß an Verantwortung zu übernehmen. Aber nicht in diesem Ausmaß.«

Ruth nickte wissend. »Sie wollen Ihre Freiheit zurück. Und dafür soll Martin Gerod sorgen, indem er zu Polina zurückkehrt und sich der Probleme der Familie annimmt.«

»Bitte, sagen Sie Polina davon nichts.«

»Ich werde mich diesbezüglich zurückhalten«, stellte Ruth in Aussicht, »wenn Sie den Königs im Gegenzug auftragen, mir ihre Ermittlungsergebnisse zugänglich zu machen. Sämtliche Erkenntnisse«, setzte sie eindringlich hinzu, »und nicht nur solche, von denen sie annehmen, dass sie für die Mordermittlungen der Polizei relevant sein könnten.«

Wolfgang zögerte kurz, atmete dann aber tief durch. »Einverstanden.« Er seufzte. »Ich brauche jetzt unbedingt Abstand zu all dem hier.« Erneut deutete er um sich.

»Tun Sie, was immer Sie wollen«, gab Ruth gelassen zurück. »*Nachdem* Sie den Privatdetektiven Bescheid gegeben haben.«

Die Hauptkommissarin wandte sich ab und kehrte in Polinas Schlafzimmer zurück. Die Gutsbesitzerin stand kurz vor einem Nervenzusammenbruch, musste sie feststellen. Hagen war mit der Situation sichtlich überfordert und heilfroh, dass Ruth endlich auf der Bildfläche erschienen war. Polina war kaum noch ansprechbar, schluchzte und wimmerte so herzzerreißend, dass Ruth schließlich zu ihrem Smartphone Griff und Dr. Alberta Siemsen anrief. Die Hausärztin versprach, so schnell wie möglich zu kommen. Tatsächlich betrat sie schon fünfzehn Minuten später das Zimmer.

»Ich muss ihr ein Beruhigungsmittel verabreichen«, erklärte sie, nachdem sie Polina kurz untersucht hatte. »Und ich muss Sie dringend bitten, sie in Ruhe zu lassen. Ihr Kreislauf könnte sonst kollabieren.«

Ruth vertraute auf die Einschätzung der Hausärztin und räumte mit Hagen schließlich das Feld. Ihre Fragen würden sie der Gutsbesitzerin zu einem späteren Zeitpunkt stellen müssen.

*

Auf dem Weg zur Polizeistation in der Ankerstraße kauften sich Ruth und Hagen an einem Fischstand frische Krabbenbrötchen, die sie schließlich in der Teeküche der Wache zu sich nahmen. Dabei gingen sie die Computerausdrucke durch, die Alice von den eingetroffenen Berichten für sie angefertigt hatte.

Das Bulletin des Grafologen erregte dabei ihr besonderes Interesse. Der Forensiker hatte akribisch gearbeitet und herausgefunden, dass die Briefe aus Italien nicht von Heinz Manning verfasst worden waren. Stattdessen war ein Fälscher am Werk gewesen, dem die Kollegen von Europol vor einigen Jahren auf die Schliche gekommen waren. Der Mann saß zurzeit in einem italienischen Gefängnis ein. Er hatte nicht nur zahlreiche Dokumente gefälscht, sondern sich auch im Kopieren der Korrespondenz bekannter Persönlichkeiten geübt. Bei seinen Arbeiten verwendete er selbst hergestellte Tinte. Diese Eigenheit wurde ihm schließlich zum Verhängnis und trug zu seiner Verhaftung und Verurteilung bei. Mit ebendieser Tinte wurden auch die Briefe geschrieben, die den Mannings aus Italien zugeschickt worden waren und ihnen hatten weismachen sollen, dass ihr Sohn wohlauf war.

Hagen blätterte sich durch den mit einer Heftklammer zusammengehaltenen Papierstoß des Grafologen. »Meine Güte«, sagte er. »Hier sind seitenweise Kontoauszüge des Fälschers angeheftet. Und der überwiegende Teil wurde geschwärzt.«

»Aus Datenschutzgründen«, erläuterte Ruth. »Was gibt es über die nicht geschwärzten Zeilen zu sagen?«, fragte sie dann und biss herzhaft in ihr Krabbenbrötchen.

»Es handelt sich um Überweisungen, die von der Bank in Greetsiel aus getätigt wurden«, berichtete Hagen. »Es waren Bareinzahlungen.« Interessiert blätterte er hin und her, was nicht ganz einfach war, da er in einer Hand das Brötchen hielt. »Eingezahlt wurden die Summen von Martin Gerod«, sagte er aufgeregt. »Und zwar stets ein paar Tage, bevor in Italien ein Brief an die Mannings abgeschickt wurde.«

Ruth kaute bedächtig zu Ende. »Martin Gerod war also wahrscheinlich der Auftraggeber dieser gefälschten Briefe«, stellte sie fest. »Was nahelegt, dass er von Heinz Mannings wahrem Schicksal wusste.«

Hagen fuchtelte mit seinem Brötchen. »Weil er ihn ermordet und im Scheunenboden verscharrt hatte!«

»Was noch bewiesen werden muss. Es wäre auch gut möglich, dass Polina in dieses Verbrechen involviert war.«

»Sie meinte aber doch, dass sie Heinz sehr mochte.«

»Sympathie feit nicht gegen Verbrechen«, erwiderte Ruth prosaisch.

Hagen nickte bedauernd und wechselte dann das Thema. »Verdammt gute Arbeit, die unser Kollege da geleistet hat.« Er klopfte mit den Fingerknöcheln auf den Papierstapel. »Die besten Ermittlungen und Befragungen taugen nichts ohne die professionelle Zuarbeit der Spusi.«

Ruth hob despektierlich eine Augenbraue.

»Was ist?«, fragte Hagen.

»Spusi? Das ist nicht Ihr Ernst.«

Hagen begriff. »Sie sagen immer Spurensicherung. Das ist mir längst aufgefallen. Aber Spusi, das klingt viel hipper.«

»Eben darum verwende ich dieses alberne Akronym nicht. Außerdem tut es in den Ohren weh.«

Hagen biss demonstrativ in sein Brötchen und nuschelte dabei trotzig vor sich hin.

»Dieses Argument lasse ich nicht gelten«, gab Ruth erheitert zurück. »Was immer es auch beinhalten mag.« Sie klopfte die letzten Krümel ihres Brötchens von den Händen. »Aber Sie haben recht. Ohne die Unterstützung der Kollegen in Emden wären wir aufgeschmissen.«

»Und diesmal bekommen wir womöglich sogar auch von zwei Priden Informationen zugespielt«, sagte Hagen und schob sich genüsslich den letzten Bissen in den Mund.

»Zwei Priden?«, fragte Ruth befremdet.

»Von zwei Privatdetektiven«, erläuterte Hagen mit vollem Mund.

Ruth verdrehte entnervt die Augen. »Dieses Akronym gibt es nicht wirklich, nicht wahr?«

Hagen zauberte ein schwer zu deutendes Lächeln auf seine Lippen und schwieg.

Von der fernen Bürotür her war plötzlich ein verhaltenes Klopfen zu hören. Kurz darauf schallte Alice' Stimme zu ihnen in die Teeküche. »Bodo und Ida König sind soeben eingetroffen!«, rief sie.

»Sie sollen reinkommen!«, gab Ruth laut vernehmlich zurück, erhob sich und sah ihren Partner an. »Dann wollen wir mal hören, was diese Priden uns mitzuteilen haben.«

Bodo König zog eine Pfeife aus der Tasche der Weste, die er unter dem eleganten Sakko trug.

»Unterstehen Sie sich«, sagte Ruth streng.

Der Privatdetektiv lächelte begütigend. »Das taktile Erlebnis, das die geschmeidigen Formen dieser Pfeife mir vermitteln, ist ungemein beruhigend«, erklärte er. »Es ist gar nicht nötig, sie anzufeuern und daran zu paffen. Wenn dies den Genuss auch enorm steigern würde.«

Das Paar saß sittsam auf den Besucherstühlen, den beiden Schreibtischen der Kriminalisten direkt gegenüber.

»Dann schießen Sie mal los«, forderte Hagen die beiden auf. »Was haben Sie über den Verbleib von Martin Gerod herausgefunden?«

»Nichts«, sagte Ida und schlug die Beine übereinander. Neben dem distinguierten Herrn wirkte die um einige Jahre jüngere Frau wie eine frische Blume neben einer altehrwürdigen Mauer.

»Nichts?«, wiederholte Ruth. »Dann sind Sie nicht halb so gut, wie Sie es auf Ihrer Website behaupten.«

»Sie wussten also nichts von der Geldüberweisung, die Polina Gerod vor zwanzig Jahren tätigte?«, vermutete Hagen.

»Und ob«, erwiderte Bodo. »Das Geld ging auf ein Konto bei einer Bank auf Barbados.«

»Oh«, machte Ruth, da die Privatdetektive offenbar mehr in Erfahrung gebracht hatten als sie selbst.

»Dieses Konto gehört aber nicht Martin Gerod, sondern einem Mann namens Andre Goodison«, erläuterte Ida. »Er lebt bis heute auf Barbados und betreibt dort ein kleines Bauunternehmen.«

»Wahrscheinlich ist das der Name, unter dem Martin auf dieser Karibikinsel lebt«, mutmaßte Hagen.

»Nein. Dieser Mann existiert tatsächlich«, gab Ida zurück.

»Andre Goodison ist in der Krummhörn übrigens kein Unbekannter«, setzte Bodo hinzu und ließ die Pfeife wie einen Handschmeichler durch seine Finger gleiten. »Er hat hier vor zwanzig Jahren eine Weile gelebt. Offenbar besaß er eine befristete Arbeits- und Aufenthaltsgenehmigung, die ihm aufgrund von Mangel an Arbeitsplätzen auf Barbados im Rahmen eines Hilfsprogramms zugesprochen wurde.«

Ruth und Hagen tauschten einen befremdeten Blick, denn sie hatten keine Ahnung, was sie mit diesen Informationen anfangen sollten.

»Andre Goodison war während seines Aufenthalts in diesen Gefilden bei einer ostfriesischen Baufirma beschäftigt. Als Maurer«, setzte Bodo hinzu.

Ruth furchte die Stirn. »Fahren Sie fort.«

»Es war dasselbe Bauunternehmen, das damals die Sanierung und den Umbau des Gerodschen Gulfhofs durchführte«, kam Ida der Aufforderung nach.

»Das ist allerdings ein bemerkenswerter Zufall«, sagte Hagen verdattert. Er machte ein angestrengtes Gesicht. »Aber warum sollte Polina diesem Mann den Rest ihres Vermögens überweisen?«

»Und aus welchem Grund wollte sie nicht, dass irgendjemand davon erfährt?«, fügte Ruth an. »Sie hat es damals ziemlich geschickt angestellt, Hauptkommissar Peer Wieler davon abzuhalten, diese Angelegenheit zu verfolgen.«

Hagen nickte bedächtig. »Und uns wollte sie ihre Beweggründe auch nicht gerade auf die Nase binden.«

Ruth musterte die beiden Privatdetektive streng. »Wie lange wissen Sie schon von dieser Sache?«

»Seit vorgestern«, antwortete Bodo gelassen. »Wolfgang Bergers Auftrag lautete, den Aufenthaltsort von Martin Gerod zu ermitteln. Diese Banküberweisung, von der wir auf Umwegen erfuhren, führte uns aber zu einem Mann namens Andre Goodison. Aus diesem Grund haben wir diese Angelegenheit nicht weiterverfolgt und unsere Erkenntnisse nicht an unseren Auftraggeber weitergegeben. Sie schienen uns nicht relevant.«

Ruth atmete gepresst durch, als galt es, einen inneren Überdruck daran zu hindern, hervorzubrechen. »Das kommt dabei heraus, wenn man Priden die Arbeit überlässt«, sagte sie beherrscht. »Sie sehen oft das große Ganze nicht, wie wir Kriminalisten es tun.«

»Wollen Sie uns etwa beleidigen?«, fragte Bodo reserviert und steckte die Pfeife in die Westentasche.

»Von was für einem Zusammenhang sprechen Sie?«, erkundigte sich Hagen bei seiner Chefin. Es war ihm hörbar unangenehm, diese Frage stellen zu müssen und damit zu gestehen, dass er diesen Zusammenhang nicht sah.

»Erinnern Sie sich noch an den Besuch der Gutachterin in unserem Büro?«, stellte Ruth eine Gegenfrage.

Hagen nickte. »Durchaus. Aber …«

»Helena hatte einen Hohlraum in der Brandmauer entdeckt. Ein Hohlraum, der dort nicht hingehört.«

»Und sie erwähnte einen üblen Geruch«, fügte Hagen an.

Ruth erhob sich. »Helena war eine bemerkenswerte Beobachterin. Und wenn ihr diese Mauer verdächtig vorkam, eine Mauer, an der Andre Goodison womöglich gearbeitet hatte, ein Mann, der von Polina großzügig mit einer hohen Geldsumme bedacht wurde, sollten wir uns diese Mauer unbedingt einmal genauer ansehen!«

*

»Wie oft wollen Sie hier denn noch auftauchen und rumschnüffeln?«, regte sich Polina auf und fuchtelte dabei ungehalten mit den Armen. Dass sie entgegen dem ärztlichen Rat schon wieder auf den Beinen war, ließ Ruth vermuten, dass Polinas Schwächeanfall womöglich nicht ganz so gesundheitsbedrohend gewesen war, wie es geschienen hatte. »Irgendwann muss der Betrieb hier auch mal weitergehen«, fuhr Polina fort. »Sonst bin ich bald pleite. Und Rolf, was wird mit ihm?«

»Treten Sie bitte zurück«, wies Ruth die Frau an, als diese ihr und Hagen in das Gästezimmer folgen wollte, das Helena Dalin bewohnt hatte. Es war nicht noch einmal polizeilich versiegelt worden, da die Spurensicherung ihre Untersuchung bereits abgeschlossen hatte.

»Was soll das?« Polina stemmte entrüstet die Fäuste in die Hüften, blieb aber auf der Schwelle stehen.

Hagen wedelte mit der Hand vor seinem Gesicht herum. »Räucherstäbchen«, sagte er und krauste die Nase.

Der süßliche Rauch stieg in einer dünnen Fahne von einem Stäbchen auf, das in einer speziellen Halterung auf dem Tisch platziert worden war.

»Die sollen den penetranten Gestank nach Feuer vertreiben, der noch immer in allen Räumen hängt«, erläuterte Polina. »Aus diesem Grund lasse ich auch die Fenster und sogar die Eingangstür permanent offen stehen.«

Ruth streifte die Schuhe von den Füßen und stieg aufs Bett. Anschließend klopfte sie die Wand ab. Den Hohlraum in der Brandschutzmauer lokalisierte sie schnell. Auf der Matratze stehend, drehte sie sich Polina zu. »Hier ist ein Loch«, stellte sie sachlich fest.

Die Gutsbesitzerin fasste sich an den Hals. »Und wenn schon.«

Ruth verzog einen Mundwinkel. »Sehen wir nach, ob sich der Hohlraum hinter dem Kopfende des Bettes fortsetzt«, sagte sie und stieg vom Bett.

»Würden Sie das bitte lassen!«, schimpfte Polina, während die beiden Kriminalisten das Bett von der Wand wegrückten. »Was soll das Ganze überhaupt?«

Die Wand abklopfend fand Ruth schließlich heraus, dass sich der Hohlraum bis hinunter zum Bodenniveau erstreckte. »Der Bereich ist einen Meter mal zwei Meter groß«, stellte sie neutral fest. Während sie vor der Mauer hockte und mit der Faust dagegen schlug, stieg ihr plötzlich ein unangenehmer Geruch in die Nase. Als sie daraufhin den Blick auf die Fußleiste richtete, bemerkte sie davor einen schmalen, feuchten Fleck. Es schien, als wäre eine zähe Substanz unter der Sockelleiste hervorgesickert.

Ruth fuhr mit den Fingern über die feuchte Stelle hinweg, und als sie die Hand dann unter ihre Nase hinwegführte und schnupperte, zog sie angewidert den Kopf zurück.

»Verwesungsgeruch«, sagte sie und erhob sich. »Hinter dieser Rigipsmauer verbirgt sich etwas Totes!« Sie durchquerte den Raum, um sich im angrenzenden Badezimmer die Hände zu waschen. »Verständigen Sie die Kollegen der Spurensicherung, Hagen!«, rief sie. »Wir sind mit diesem Gulfhof noch nicht fertig!«

»Was … was soll das bedeuten?«, rief Polina geschockt. »Sie … Sie dürfen diese Mauer nicht antasten. Das verbiete ich Ihnen!«

»Und besorgen Sie von Staatsanwalt Lindau eine Anweisung für unser Vorhaben«, fügte Ruth daraufhin an, während sie den Wasserhahn aufdrehte.

»Ich muss aufs Schärfste protestieren!«, ereiferte sich Polina.

Aber da sprach Hagen bereits mit Carla Oberlander, der Sekretärin des Staatsanwaltes.

*

Polina Gerod erlitt einen weiteren Nervenzusammenbruch, als die Beamten von der Spurensicherung die Mauer öffneten. Die Gutsbesitzerin hatte sich nicht dazu überreden lassen, sich in ihr Zimmer zurückzuziehen. Stattdessen hatte sie nicht zu lamentieren aufgehört und sogar den Staatsanwalt angerufen, um sich bei ihm zu beschweren. Aber Henning Lindau ließ sich nicht beirren und bestand darauf, dass seine Anordnung, die Mauer zu öffnen, durchgeführt wurde.

Ruth geleitete die am ganzen Leib zitternde Frau schließlich in ihr Schlafzimmer und rief dann bei Dr. Alberta Siemsen an. Polina lag in ihrem Bett und starrte blicklos vor sich hin. Auf Ruths Worte reagierte sie nicht. Die Hauptkommissarin war daher heilfroh, als sie Polina schließlich der Obhut der Hausärztin überlassen und sich erneut ihrer Arbeit widmen konnte.

Als sie ins Gästezimmer zurückkehrte, reichte Hagen ihr wortlos einen Mundschutz. Er und die Kollegen aus Emden waren ebenfalls entsprechend ausgestattet, denn der Verwesungsgestank, der sich inzwischen im gesamten Zimmer ausgebreitet hatte, wäre ohne Mund-Nasen-Bedeckung nicht auszuhalten gewesen.

Die Kollegen von der Spurensicherung hatten den Hohlraum inzwischen komplett freigelegt. Davor lag auf dem Boden ein menschlicher Körper, der von oben bis unten in Folie eingewickelt war. Dr. Frank Fixlmillner drehte den Leichnam sachte hin und her. »Renovierungsfolien«, konstatierte er. Seine hinter dem Mundschutz hervortönende Stimme klang ein wenig gedämpft. »Der Mann wurde wie eine Mumie in mehreren Lagen darin eingewickelt.« Er tastete den Rücken des Toten ab. »Hier ist das Material porös und teilweise zusammengeschmolzen. Risse und Löcher sind entstanden.« Er bettete den Leichnam auf den Rücken. Die Konturen des Körpers zeichneten sich vage unter der Folie ab. »Ich denke, die Hitze des Feuers drüben in der Scheune hat die Verpackung mürbe und löchrig gemacht.« Frank legte seine Hand auf die Brust des Toten. »Wenn mich nicht alles täuscht, weist die Herzgegend einige Schusswunden auf.«

»Halten Sie es für möglich, dass dieser Tote zwanzig Jahre in diesem verborgenen Hohlraum gelegen haben könnte?«, erkundigte sich Ruth.

»Durchaus«, antwortete der Gerichtsmediziner. »Der Leichnam war hermetisch eingeschlossen, der Körper konnte nur bis zu einem gewissen Grad verwesen. Dann stoppte der Prozess aus Mangel an Sauerstoff.« Er sah zu Ruth auf. »Aber vor Kurzem ist die Hülle beschädigt worden, und was der Natur die ganze Zeit verwehrt geblieben war, nahm seinen Lauf.«

»Das erinnert mich an den Toten im Leichensack, der einige Jahre im Meer gelegen hatte«, sagte Hagen rau.

»Diese Leiche hier ist wesentlich älter«, erwiderte Fixlmillner. »Im Prinzip hat sie aber dieselben Stadien durchlaufen wie jene Wachsleiche, von der Sie sprechen.«

Hagen schüttelte sich. An diese Leiche im Meer zu denken, weckte in ihm keine angenehmen Erinnerungen.

»Die Füße dieses Toten sehen irgendwie deformiert aus«, merkte der Polizeifotograf an, der den in Folie gewickelten Leichnam mehrmals abgelichtet hatte.

Fixlmillner nahm das Fußende der Folienmumie daraufhin genauer in Augenschein. »Ihm wurde etwas Unförmiges zwischen die Schuhe geklemmt«, stellte er fest, zog seine Arzttasche zu sich heran und entnahm ihr ein Skalpell. Behutsam trennte er die Folie auf, die um die Füße gewickelt war. Wenig später zog er mit spitzen Fingern einen Gegenstand aus der Öffnung hervor. Es handelte sich um eine simpel aussehende Pistole mit geriffeltem Holzgriff und röhrenförmigem Lauf.

»Eine alte Nambu Taisho«, merkte einer der anwesenden Forensiker an.

»Das Modell also, mit dem Heinz Manning erschossen wurde«, erkannte Hagen.

Ruth hatte genug gesehen. Sie fasste ihren Partner am Arm. »Lassen wir unsere Kollegen ihre Arbeit tun«, sagte sie. »Ich denke, wir haben jetzt Wichtigeres zu tun.«

Hagen nickte gewichtig. »Polina Gerod«, sagte er.

*

Vollständig angezogen lag die Gutsbesitzerin in ihrem Bett. Lang auf dem Rücken ausgestreckt und die Hände über der Brust gefaltet, starrte sie blicklos gegen die Zimmerdecke.

»Ist sie vernehmungsfähig?«, erkundigte sich Ruth bei Alberta Siemsen.

Die Hausärztin zuckte unschlüssig mit den Schultern. »Versuchen Sie es«, sagte sie mit gedämpfter Stimme. »Von mir wollte sie keine Hilfe annehmen. Und nun liegt sie da wie … wie eine Tote.«

Ruth bat die Ärztin, den Raum zu verlassen. Als sie mit Hagen allein mit Polina war, setzte sie sich neben die Frau auf die Bettkante.

»Sie wissen, wen wir in dem Hohlraum der Brandmauer gefunden haben, nicht wahr?«, sprach sie die Gutsbesitzerin an.

Polina gab keinen Ton von sich; sie blinzelte nicht einmal, während sie die Zimmerdecke anstarrte.

»Der Tote ... es ist Martin, Ihr Ehemann«, fuhr Ruth unverdrossen fort.

In Polinas Augen sammelten sich Tränen. Sie rannen seitlich ihr Gesicht hinab und netzten das Kopfkissen.

»Was meinen Sie? Werden wir Ihre Fingerabdrücke auf der Pistole finden, die Sie der Leiche Ihres Mannes zwischen die Füße geklemmt haben, ehe Sie sie in Renovierungsfolie einwickelten?«

»Die und die von Martin«, sagte Polina mit tonloser Stimme. »Es war seine Waffe. Sein Vater hatte sie von einem GI geschenkt bekommen.« Jetzt blinzelte sie, woraufhin sich mehrere Tränen aus den Augenwinkeln lösten. »Er ... er hat Heinz damit erschossen, dieser Schuft.«

»Sie wussten es?«, fragte Hagen, der gegenüber dem Bett an der Wand lehnte.

Polina schüttelte traurig den Kopf. »Martin würde jetzt im Knast vor sich hin gammeln und nicht ...« Sie verstummte. »Hätte ich so etwas auch nur geahnt, hätte ich es Kommissar Wieler gesagt. Und der hätte Martin dann hinter Gitter gebracht.«

»Als wir herausfanden, dass Heinz mit einer japanischen Pistole erschossen wurde, haben Sie allerdings nichts gesagt«, merkte Ruth an. »Dabei haben Sie sich doch denken können, dass die Waffe Ihres Mannes bei diesem Mord zum Einsatz kam.«

Polina begann abermals gegen die Zimmerdecke zu starren.

»Sie haben nichts gesagt, weil die Nambu Taisho auch beim Mord an Martin als Tatwaffe eingesetzt wurde«, mutmaßte Ruth.

»Sie können nichts beweisen«, sagte Polina mit harter Stimme. »Meine Fingerabdrücke auf der Waffe meines Mannes haben überhaupt nichts zu besagen. Er hat sie mir irgendwann mal in die Hand gedrückt, und fertig.«

Ruth war sich nicht einmal sicher, ob auf der Waffe überhaupt noch Fingerabdrücke nachzuweisen waren, nachdem sie zwanzig Jahre lang bei dieser eingewickelten Leiche gelegen hatte. Sie hatte die Daktylogramme nur erwähnt, um die Frau zu testen. Polina war noch nicht bereit zu gestehen. Aber das würde sie.

»Staatsanwalt Lindau ist in diesen Minuten damit beschäftigt, bei der Polizei auf Barbados internationale Rechtshilfe in einer Strafsache zu beantragen«, erläuterte sie sachlich. »Er ist sehr zuversichtlich, dass man Andre Goodison in unserem Sinne verhören wird. Und ich glaube, dass er den Kollegen haarklein erzählen wird, was im Gerodschen Gulfhaus damals geschehen ist. Das Geld, das Sie ihm damals überwiesen haben, wird ihn wohl kaum davon abhalten, auszupacken.«

»Ich kann förmlich hören, wie Andre davon erzählt, wie er Ihnen geholfen hat, die Leiche Ihres Mannes verschwinden zu lassen, indem er sie in den Hohlraum einmauerte«, ließ Hagen sich vernehmen.

Polina setzte sich abrupt auf, starrte wie gehetzt zwischen den beiden Ermittlern hin und her. »Woher …« Sie verstummte, ihre Lippen bebten. »Andre wird lügen!«, rief sie dann. »Ja, das wird er. Er hat Martin erschossen. Sie … sie hatten sich gestritten …«

»Der zuständige Richter wird entscheiden müssen«, sagte Hagen. »Außerdem werden die Spuren, die man an der Leiche findet, zur Wahrheitsfindung beitragen.«

»Wenn Andre Goodison Ihren Ehemann erschossen hat, warum haben Sie das denn nicht Kommissar Wieler gemeldet?«, fragte Ruth gelassen. »Warum diese Geheimnistuerei, um einen Fremden zu schützen?«

Polina fuhr sich mit den Händen übers Gesicht. »Das … das …« Was immer sie hatte sagen wollen, ging in einem Schluchzen unter.

Ruth nickte wissend. »Das hatte ich mir gedacht. Das Schweigegeld, das Sie Andre überwiesen haben, entlarvt Sie als Mörderin.« Sie erhob sich von der Bettkante. »Eine andere Sache noch«, wechselte sie dann wie beiläufig zu einem anderen Thema über. »Wusste Rolf, dass sein mutmaßlicher Vater in die Brandmauer eingemauert war?«

»Lassen Sie meinen Sohn aus dem Spiel!«, kreischte Polina. »Natürlich hat er es nicht gewusst!«

Ruth glaubte auch nicht wirklich, dass Rolf von dieser schaurigen Angelegenheit Kenntnis gehabt haben könnte. Sie hatte diese Frage trotzdem gestellt, um den nächsten Vorstoß vorzubereiten. »Wir haben uns gefragt, was für ein Motiv die Person gehabt haben könnte, die Helena Dalin mit einem Kissen erstickte«, sagte sie.

Hagen wusste, dass er jetzt an der Reihe war. »Zuerst glaubten wir, dass Rolf ein Mordmotiv haben könnte«, sagte er. »Helena Dalin hatte herausgefunden, dass er die Scheune in Brand gesetzt und dabei Brandbeschleuniger verwendet hatte. Er fürchtete, Helena könnte ihn verraten, obwohl sie ihm versprochen hatte, es nicht zu tun. Aber wusste er denn überhaupt, wie das Gutachten aussah, das Helena geschrieben hatte?«

In Polinas Gesicht zuckte es nervös. »Lassen Sie Rolf …« Ihre Stimme erstarb.

Ruth nickte, als würde sie einer inneren Stimme beipflichten. »Rolf ist nicht das Kind eines aggressiven, gewaltbereiten Mannes«, sagte sie. »Es passt nicht zu ihm, Menschen physische Schmerzen zu bereiten oder sie gar zu töten. Er ist der Sohn eines einfachen Hausmeisters, der offenbar sehr zärtlich und einfühlsam sein konnte.« Dass die Theorie von der genealogischen Vererbung von Verhalten umstritten war, war Ruth durchaus bewusst. Sie brachte das Thema trotzdem zur Sprache, weil sie hoffte, Polina dadurch zu einem Geständnis zu bewegen.

»Obwohl Rolf Feuer gelegt hat, kann ich mir auch nicht vorstellen, dass er Helena ein Leid hätte zufügen können«, schlug Hagen in dieselbe Kerbe. Er furchte die Stirn und sah Polina an. »Hat Rolf Ihnen womöglich verraten, dass er die Scheune angezündet hat und dass die Gutachterin es herausgefunden hatte?«

»Nein, das hat er nicht!«, rief Polina aufgebracht. »Versuchen Sie ja nicht, mir diesen Mord auch noch anzuhängen!«

»Wenn der Mord an Helena Dalin mit der Brandstiftung, die sie aufdeckte, also womöglich gar nichts zu tun hatte, was bleibt denn dann noch als Mordmotiv übrig?«, fragte Ruth, als würde sie sich diese Frage in diesem Moment tatsächlich stellen.

»Da steckte doch diese Leiche in der Mauer von dem Gästezimmer, in dem Helena untergebracht war«, sagte Hagen, als würde ihm diese Tatsache jetzt gerade aufgehen.

Ruth nickte gewichtig. »Helena hatte diesen Hohlraum entdeckt und uns dies sogar mitgeteilt.«

»Mit dem Zusatz, dass es in ihrem Zimmer ziemlich gestunken hat.«

»Helena hatte eine empfindliche Nase und den Verwesungsgeruch wahrgenommen«, bestätigte Ruth. »Und sie erzählte auch, dass sie Angst hätte, weil sie von Frau Gerod und ihrem Sohn eventuell dabei beobachtet wurde, wie sie die Wand abklopfte, um das Ausmaß des Hohlraums zu ermitteln.«

»Also könnte Rolf sehr wohl als Mörder von Helena Dalin infrage kommen«, fügte Hagen an. »Ach nee«, sagte er dann und schlug sich mit der flachen Hand gegen die Stirn. »Er wusste ja gar nichts von dem eingemauerten Toten. Also dürfte es ihn kaum beunruhigt haben, als er sah, wie Helena die Wand abklopfte. Wahrscheinlich dachte er, das wäre bloß wieder so ein Spleen der Gutachterin.«

»Aber Sie«, sagte Ruth und sah Polina unerbittlich an. »Sie wussten ganz genau, was es mit diesem Hohlraum in der Brandmauer auf sich hat. Und da die Gutachterin schon einmal eine Leiche in Ihrem Gulfhof entdeckt hat, mussten Sie jetzt natürlich befürchten, dass sie auch noch Martins Leiche aufspüren würde.«

Die beiden Kriminalisten verstummten und standen abwartend da.

»Oder war es am Ende doch Rolf?«, stichelte Hagen, weil die Gutsbesitzerin hartnäckig an ihrem Schweigen festhielt. »Wir werden ihn wohl noch einmal ordentlich in die Mangel nehmen müssen.«

»Mein Sohn hat damit nichts zu tun!«, rief Polina verzweifelt. Sie schlug sich mit der Faust vor die Brust, in ihren Augen brannte der Zorn. »Ich … ich war es. Ich habe die Gutachterin getötet und wollte es anschließend wie Selbstmord aussehen lassen!« Ihre Faust sank kraftlos herab. »Und ich war es auch, die Martin mit dieser japanischen Waffe erschossen hat«, gestand sie. »Es wird ja sowieso rauskommen.« Mit wütend verengten Augen sah sie zu den Kommissaren auf. »Martin … er … er ist mit Fäusten über unseren Kleinen hergefallen. Rolf, er war gerade mal vier Jahre alt. Ich weiß nicht einmal, womit Rolf Martin so sehr erzürnt hatte. Ich hatte Angst, er würde unseren Sohn erschlagen. Da habe ich die Pistole aus dem Beistelltisch im Schlafzimmer geholt und … und habe ihn erschossen!« Sie schluckte heftig. »Andre half mir anderntags, die Leiche verschwinden zu lassen. Er war ein wenig in mich verknallt und wusste, was für ein streitsüchtiger Kerl Martin war. Darum half er mir.« Ein verbittertes Lächeln stahl sich auf ihre Lippen. »Als er dann zurück auf seiner Insel war, schrieb er mir, dass er Geld bräuchte, um eine eigene Baufirma zu gründen. Er verlangte, dass ich ihm dabei half, genauso wie er mir geholfen hatte.« Sie zuckte müde mit den Schultern. »Ich hatte keine andere Wahl, als ihm den Rest des Geldes zu überweisen, das Martin von unserem Vermögen übriggelassen hatte. Einen Großteil davon hatte er zuvor nämlich bei irgendeinem dunklen Geschäft verzockt, das er in Italien hatte abwickeln wollen. Das ganze Geld war futsch!«

Ruth atmete tief durch, klärte Polina Gerod über ihre Rechte auf und verkündete, dass sie wegen Verdachts des doppelten Mordes in Haft genommen würde.

Wie ihr Sohn es zuvor schon einmal getan hatte, streckte Polina Ruth die an den Gelenken zusammengelegten Hände entgegen. Diesmal ließ es sich die Hauptkommissarin allerdings nicht nehmen, die dargebotenen Hände mit einer Stahlacht zu versehen.

*

Da die einzige Arrestzelle der Greetsieler Polizeistation eine Doppelmörderin beherbergen musste, hatte Alice Bergmann Rolf in den Verhörraum verfrachtet. Dort saß er nun mit ungesund bleichem Gesicht und hörte den beiden Kriminalisten zu, die ihm so schonend wie möglich beizubringen versuchten, welche Verbrechen seiner Mutter zur Last gelegt wurden und welche sie bisher gestanden hatte.

»Und was wird jetzt aus ihr?«, fragte er, nachdem Ruth und Hagen geendet hatten.

»Das wird während der Gerichtsverhandlungen entschieden«, gab Ruth zurück. »Sollte Ihre Mutter in allen Punkten schuldig gesprochen werden, wird sie den Rest ihres Lebens wohl hinter Gittern verbringen.«

Rolf schluckte trocken. »Und was erwartet mich?«

»Für schwere Brandstiftung können Sie mit bis zu fünfzehn Jahren Freiheitsentzug rechnen«, sagte Hagen. »Je nachdem, wie die Gewichtigkeit der Tat eingestuft wird.«

Rolf entglitten die Gesichtszüge. »Das also hatte Helena mir ersparen wollen«, sagte er mit schwankender Stimme.

»In besonderen Fällen kann die Strafe aber auch zur Bewährung ausgesetzt werden«, beschwichtigte Ruth. Sie erhob sich von ihrem Stuhl, und Hagen tat es ihr gleich. »Wir haben eine kleine Überraschung für Sie«, verkündete sie.

Rolf sah fragend zu der Hauptkommissarin auf, während Hagen die Tür öffnete und rief: »Alice, Sie können sie hereinführen!«

Die beiden Kriminalisten verließen das Zimmer, und statt ihrer erschien nun ein älteres Ehepaar in der Türöffnung. Charlotte Manning hatte ihr bestes Kleid aus dem Schrank geholt, aber es passte ihr augenscheinlich nicht mehr. Der geblümte Stoff spannte und schnürte ihre üppigen Rundungen wie eine Wurstpelle ein. Dennoch sah sie respektabel aus. Gert trug die Kluft eines Krabbenfischers und hatte ein frischgewaschenes rotes Halstuch umgebunden.

»Meen Jung«, sagte Gert gefasst. »Wat moogst du bloß för Sachn?«

Rolf stand auf, Tränen standen ihm in den Augen. Er kannte die beiden Alten sehr gut, die nie damit gegeizt hatten, den Kindern gepulte Krabben zuzustecken. Aber dass sie seine Großeltern sein könnten, hatte er natürlich nicht geahnt.

»Du büst uns Kindskind«, sagte Charlotte mit brüchiger Stimme, zog ein Taschentuch hervor und schnäuzte vernehmlich hinein. Gerührt musterte sie Rolf von oben bis unten, als sähe sie ihn zum ersten Mal. »De kleene Spruut von uns Heinz, Gott hab en selig.«

»Hät ick datt nur vorher wusst«, sagte Gert und drohte Rolf mit dem Zeigefinger. »Ick hätt die schon watt vertellt. Ne Scheune anstecken, datt wär di nich innen Kopp kommen!«

Rolf kämpfte sichtlich mit den Tränen. Das konnte Charlotte schließlich nicht länger mit ansehen. Sie zog den jungen Mann an ihre Brust und drückte ihn fest an sich.

»Von jetzt an kümmern wi uns um di«, verkündete Gert feierlich. »Un diesmal lassn wi uns nich mit n por Zeiln abspeisen!«

»Ich werde ins Gefängnis kommen«, erwiderte Rolf mit erstickter Stimme.

»Un wenn schon!« Gert winkte ab. »Wi komen di jede Week besöken.«

Ostfrieslandkrimi-Empfehlungen
des Klarant Verlages

Kennen Sie auch schon die anderen Bände der Ostfrieslandkrimi-Serie »**Polizei Greetsiel ermittelt**« von Jan Olsen?

»Die Leiche im Watt«, Band 1
Taschenbuch-ISBN: 978-3-96586-460-3
eBook-ISBN: 978-3-96586-386-6

Eine Leiche im Watt!
Wer ist der Tote mit dem blau-weiß gestreiften Hemd, der ermordet im Schlick liegt? Die Identität des Mannes zu ermitteln, gelingt den neuen Greetsieler Kommissaren Ruth Fasan und Hagen Reese schnell, denn das Boot des Fischers Christian Hellmann ist nicht von der Fangfahrt in dieser Nacht zurückgekehrt. Der tote Fischer galt als störrischer Eigenbrötler, der mit seiner Art manchmal aneckte, aber reicht das für ein Mordmotiv?
Nach und nach finden die Greetsieler Ermittler heraus, dass mehrere Personen im Umfeld des Opfers offenbar einiges zu verbergen haben. Vorwürfe des illegalen Fischfangs stehen im Raum, und auch Christian Hellmanns Verhältnis zu seinem Bruder wirft Fragen auf. Hat eine ungerechte Verteilung der Erbschaft zur Eskalation zwischen den Brüdern geführt? Mysteriös ist auch der Umstand, dass die Polizei erst durch ein Video auf die Leiche aufmerksam wurde. Und aus irgendeinem Grund wollte jemand, dass die Ermittler genau wissen, wo sich das Opfer befindet …

»Die Leiche im Deichhaus«, Band 2
Taschenbuch-ISBN: 978-3-96586-526-6
eBook-ISBN: 978-3-96586-527-3

»Die Leiche mit dem Teelikör«, Band 3
Taschenbuch-ISBN: 978-3-96586-571-6
eBook-ISBN: 978-3-96586-572-3

»Die Leiche im Meer«, Band 4
Taschenbuch-ISBN: 978-3-96586-622-5
eBook-ISBN: 978-3-96586-623-2

»Die Leiche im Schlick«, Band 5
Taschenbuch-ISBN: 978-3-96586-669-0
eBook-ISBN: 978-3-96586-670-6

»Die Leiche im Sieltief«, Band 6
Taschenbuch-ISBN: 978-3-96586-715-4
eBook-ISBN: 978-3-96586-716-1

»Die Leiche auf dem Gulfhof«, Band 7
Taschenbuch-ISBN: 978-3-96586-774-1
eBook-ISBN: 978-3-96586-775-8